朝日新書
Asahi Shinsho 786

読み解き古事記　神話篇

三浦佑之

朝日新聞出版

まえがき

大学の文学部には、講読という授業科目がある。一つの文学作品を取りあげ、ことばや文脈、描かれている場面の文化的な背景、歴史的な情況など、作品の内部はもちろん作品をとりまくあらゆることがらについて、教員が学生に講義していくという授業である。今は、みずから考えるとか双方向性とかが重んじられることもあって、教員による一方的な講義は人気がないようだ。しかも、年度を跨いで一つの作品を講読するというようなことも嫌われ、コンパクトなまとまりが求められる。

学生時代も、教員になってからも、わたしは講読という形式の授業が好きだった。とくに古典作品の場合、ことば一つを理解するにも作品の背景を知るにも、専門的な知識に基づいた分析や解読はどうしても必要である。そこでは教員の力量がさらけ出されてしまうという点でこわいところはあるが、それゆえに個性的で魅力的な講読も生まれる（わたしが魅力的な講読ができていたかどうかは別の問題)。

本書は、そのように講読をおこなう手つきで、古事記という作品を読み解こうとする一冊である。ある部分ではこまかなことばの使い方にこだわり、ある場面では神話の様式を解きあかし、神話と歴史との関係を考え、この列島に住む人びとの思考方法を探ってみたりもしながら、古事記の神話を最初から最後まで読み進めていく。

古事記は三巻に分かれており、中巻と下巻は、天皇たちの系譜や事績が、まわりを取り巻く人びとのエピソードも含めて短い話にまとめられ積み重ねられている。いわば短編集とでもいえる構成をもつのだが、上巻の神話は、全編が一貫したストーリーのなかで展開する。まるで大河小説だ。ただし、その大河小説は、細部を微細に描いたり登場する神がみの心情に分け入ったりはしないし、説明が不足しているところも目につく。それが古事記をわかりづらくさせている原因でもあろう。ここでは、説明の足りないところは補足しながら、全体の大きな流れを分断せずに、古事記の魅力を、古事記を読むことの楽しさや現代的な意義を、古事記に対する知識の深浅を問わずだれもが共有できるように工夫した。

本書の対象は、古事記上巻の神話である。中・下巻の伝承については続講としたい。また、古事記は冒頭に「序」を掲げているが、それについてはとりあえず対象とはしない。

わたしは「序」はあとで付け加えられたと考えており、話題がそこに入り込むと古事記の魅力を削いでしまう虞れがあるからである。また、「序」を棚上げにして考えたほうが、古事記の神話や伝承を純粋にお話として対象化して論じることができるのである。

引用する神話は現代語に訳し、説明はわかりやすさを心がけた。突っ込むところは勢いをつけ、くすぐるところは軽やかに、流れに緩急をつけて途中で放り投げる人を減らし、読み終えた人には古事記はなんておもしろいのだと思わせる。それが本書に課したわたしの目標である。

さて達成度やいかに。お楽しみいただければ幸いである。

読み解き古事記　神話篇　目次

第二章　アマテラスとスサノヲ　67

第三章　出雲に降りたスサノヲ　115

第四章　オホナムヂの冒険　147

第五章　ヤチホコと女神、オホクニヌシの国作り 193

第六章　制圧されるオホクニヌシ 221

第七章 地上に降りた天つ神 265

凡例

一、神名は、原則として旧仮名遣いによるカタカナで表記する。ただし、各章の初出には原文を添えた。カナ表記の神名は、末尾に付けられた「〜神」という統一された尊称を省略した。本来は付いていなかったと考えられるからである。

二、古事記の引用は、できる限り原文に忠実な現代語訳とし、必要な場合は原文を添えた。訳すに際しては、現行の諸注釈書などを参照した。すべての神話を引用する紙幅はないので、要約したり省略したりする部分もある。手元に古事記が一冊あると理解しやすいと思う。注釈付きの原文、現代語訳など種類は問わない。

三、何度も出てくる書名（古事記、日本書紀、万葉集など）は、煩雑になるので『』を省略した。

四、時として、現代なら差別や虐待と感じられることばや話題が出てくることをお断りしておく。あくまでも古代における神話的な発想として理解してほしい。

五、本文に注記した以外に、巻末の「参考文献」も含めて多くの先行研究の恩恵を受けている。網羅することはできないが感謝している。

『古事記』と『日本書紀』神話構成対照表（作成＝三浦佑之）

古事記 章／内容	日本書紀 正伝	日本書紀 一書	おもな舞台
一　イザナキとイザナミ			
1．天地初発、オノゴロ島	○	○	天＆地
2．イザナキ・イザナミの島生み、神生み	○	○	地上
3．イザナミの死とイザナキの黄泉国往還	×	○	黄泉
4．イザナキの禊ぎ	×	○	地上
二　アマテラスとスサノヲ			
1．三貴子誕生とイザナキの統治命令	△	○	地上
2．スサノヲの昇天とアマテラスの武装	○	○	高天原
3．ウケヒによる子生み	○	○	〃
4．スサノヲの乱暴	○	○	〃
5．アマテラスの石屋ごもりと祭儀	△	○	〃
三　出雲に降りたスサノヲ			
1．オホゲツヒメ殺害と五穀の起源	×	△	?
2．スサノヲのヲロチ退治	○	○	出雲
3．スサノヲとクシナダヒメの結婚	○	△	〃
4．スサノヲの系譜	×	△	〃
四　オホナムヂの冒険			
1．オホナムヂと稲羽のシロウサギ	×	×	稲羽
2．オホナムヂと八十神たち	×	×	伯伎
3．オホナムヂの根の堅州の国訪問	×	×	根国
4．オホクニヌシの地上統一	×	×	出雲
五　ヤチホコと女神、オホクニヌシの国作り			
1．ヤチホコのヌナガハヒメ求婚	×	×	高志
2．スセリビメの嫉妬と大団円	×	×	出雲
3．オホクニヌシの系譜	×	×	〃
4．オホクニヌシとスクナビコナ	×	○	〃
5．寄り来る神－御諸山に坐す神	×	○	〃
6．オホトシの系譜	×	×	〃
六　制圧されるオホクニヌシ			
1．アマテラスの地上征服宣言	△	△	高天原
2．アメノホヒの失敗	○	×	出雲
3．アメノワカヒコの失敗	○	○	〃
4．アヂシキタカヒコネの怒り	○	○	〃
5．タケミカヅチの遠征	○	△	高天原
6．ヤヘコトシロヌシの服従	△	△	出雲
7．タケミナカタの州羽への逃走	×	×	州羽
8．オホクニヌシの服属と饗応	△	△	出雲
七　地上に降りた天つ神			
1．ニニギの誕生と降臨	○	○	高天原
2．サルタビコとアメノウズメ	×	○	伊勢
3．コノハナノサクヤビメとイハナガヒメ	×	○	日向
4．コノハナノサクヤビメの火中出産	○	○	〃
5．ウミサチビコとヤマサチビコ	○	○	〃
6．ヤマサチビコのワタツミの宮訪問	○	○	海の宮
7．トヨタマビメの出産	○	○	日向
8．ウガヤフキアヘズの結婚	○	△	〃

＊日本書紀の欄に付した○は古事記とほぼ一致する場合、△はおおよそ一致する場合、×は対応する記事がないことを示す。一書は、古事記にもっとも近似するもの一本を対象として判断した。

第一章　イザナキとイザナミ

【別天つ神五柱・神世七代の神がみ】(系図1)

【別天つ神五柱】

アメノミナカヌシ

タカミムスヒ

カムムスヒ

ウマシアシカビヒコヂ

アメノトコタチ

【神世七代】

クニノトコタチ

トヨクモノ

ウヒヂニ ― 妹スヒヂニ

ツノグヒ ― 妹イクグヒ

オホトノヂ ― 妹オホトノベ

オモダル ― 妹アヤカシコネ

イザナキ ― 妹イザナミ

最初に現れた神

古事記上巻の冒頭、神話は次のように語り出される。

天と地とがはじめて姿を見せた、その時に、高天の原に成り出た神の御名は、アメノミナカヌシ（天之御中主神）。つぎにタカミムスヒ（高御産巣日神）、つぎにカムムスヒ（神産巣日神）。この三柱の神は、みな独り神と成りまして、身を隠された。（天地初発之時、於高天原成神名、天之御中主神。次高御産巣日神、次神産巣日神。此三柱神者、並独神成坐而、隠身也。）

現代語に訳して紹介したが、古事記はすべて漢字で表記されている。基本の構文は漢文体だが、引用された歌謡は音仮名（漢字一字に一つの音を宛てたいわゆる万葉仮名）、散文部分は音仮名を交えた変体漢文（倭文体とも）になっている。せっかくなので、原文を添えた。

何もないところに、あるいは得体のしれない混沌のなかに、天と地が現れてくる。軽いものが上にあがり重いものが下に溜まるというようなイメージがあるのかもしれないが、ここには何も描かれておらず、天と地とが出現し、その天は高天の原と呼ばれ、そこに神が出現する。はじめての生命(いのち)が萌(きざ)したのである。「独り神」というのは、いわゆる独身というのではなく男とか女とかの性をもたないさまをいう。

高天の原は天空に浮かぶ神がみの世界で、のちの神話を読むと川があり山があって地上とおなじような景観をもっている。ふわふわ浮かんでいる雲のようなイメージではない。その「高天原」の訓み方について、古事記には「高の下の天を訓み阿麻(あま)と云ふ」とあり、以下、それに倣うようにという注が付いている。それに従えば、「高天」はタカアマと発音しなければならないが、タカアマのカア(ka-a)の部分は、母音アが連続するので、二つ目のアは上に吸収されてタカマになる。わざわざ天にアマと注を付けているのは、タカアメ（高天）ではないことを示しているのであろう。また、「高天の原」は「高天が原」の訓みも行われているが、「高＋天原」という語構成を考えた場合、「天原」は万葉集などでも「天(あま)の原」が一般的であるところから、「高天の原」の訓を支持するのがよいと考える。

その高天の原に、三柱の神が誕生する（柱は神を数える助数詞）。そのなかでもまっ先に現れるアメノミナカヌシ（天之御中主神）だが、天空のまん中にいます主(あるじ)という最初に現れるにふさわしい名をもちながら、この神はここ以外には出てこない。おそらく、三という数字に整えるために創出された新しい神ではないかと思われる。そのアメノミナカヌシという神名は天空のまん中の主を意味するが、そうしたわかりやすさはこの神名の誕生が新しいことを証明しているらしい。それに比べて、タカミムスヒ（高御産巣日神）・カムムスヒ（神産巣日神）という対になる名をもつ神のほうが由緒があるようだ。かといって、高天の原にはタカミムスヒとカムムスヒが現れたという神話が原型として語られていたとも考えにくい。というのは、この冒頭部分については、新しい段階（古事記という書物の成立の段階）に整えられているように思われるからである。このことは後述する。

ムスヒという名

タカミ・カムはほめ言葉で、末尾のヒは霊力をあらわす接尾辞である。意味をもつのはムスで、生・成・化などの漢字を宛てて、生成する、生まれると解釈できる語である。つまりムスヒというのは、ものを生み出すことのできる力をもつものをいうのであり、最初に現れる神としてはまことにふさわしい。それがタカミ・カムという冠辞を添えて対のかたちで並べられている。ただし、タカミ・カムという対は他に事例がなく、あまり一般的ではなかったと思われる。そこから考えると、最初からこの二神は対として並べられる存在ではなかったとみたほうがよいということになる。それは、対の語の不自然さだけではなく、タカミムスヒという神が、ムスヒという名をもちながら「ムス（生）」という本来の霊力をまったく発揮しないことからも言えるのである。なお、ムスヒをムスビ（結）と理解するようになるのは後のことで、縁結びというようなあり方は新しいものである。

このあと、古事記の神話を読んでいくと、この二神はいくつもの場面に登場するのだが、ここに現れるようなかたちで対になって並ぶことはない。それればかりか、同じ場面にはまったく出てこないのである。詳細は読んでいけばわかるが、タカミムスヒは、アマテラス（天照大御神）の摂政あるいは参謀のようなかたちで、もっぱら高天の原における政務をつかさどり、とくに、地上制圧の場面ではアマテラスを凌いで主神でもあるかのように活動する。

それに対してカムムスヒは、スサノヲ（須佐之男命）やオホナムヂ（大穴牟遅神）など出雲にかかわる神がみが活躍する場面に登場し、かれらを手助けするために行動する。そして、その働きは、まさにムスという霊力にふさわしいものであることは、このあとの神話を読めば理解できるはずである。しかも、「御祖」という称辞が付くことからもわかるように、母神的な性格を濃厚に持っている。それはムスヒという生成にかかわる神の属性としてきわめて自然である。

一方、タカミムスヒのほうは、ムスヒという名をもちながら、生成の霊力を発揮する場面が一つもないのである。加えて、タカミムスヒは、どの場面でも、「神」という接辞で統一されているが、カムムスヒの場合は、引用した冒頭部分とあと一例を除いて、「命」という接辞をもって登場する。つまり、高天の原出自の天つ神とは一線を画した存在ではないかと思われる。

そうしたあり方からみると、ムスヒという本来の力を秘めているのはカムムスヒなのであり、タカミムスヒはムスヒの霊力をもたない神だったものが、この冒頭の部分に並べられることによってタカミムスヒという名を与えられることになったのではなかったか。そのために、タカミムスヒは、神話を読んでいくと、途中で唐突に、タカギ（高木神）という亦の名が出てきて、それ以降は、タカミムスヒの名を隠してタカギという名で語られていくことになる。そのように考えれば、タカミムスヒはもとはタカギと呼ばれる神で、それは神を祀ることを神格化した存在であり、だからこそ高天の原の神を差配する（祀る）役割をになっているのだとわたしにはみえる。

それを現在のようなかたちにしたのは、さきほどふれたように、高天の原に登場した最初の神を、中心に置かれた神と両脇に控える神というかたちの三神として整えたかったからではなかったか。そして、そのさまはまさに、観音菩薩と勢至菩薩を左右に据えた阿弥陀三尊像や、文殊菩薩と普賢菩薩のあいだに釈迦如来を配した釈迦三尊像など、仏教におけるもっとも安定した仏像配置である三尊像形式をイメージさせる。古事記の神話の冒頭部はその影響を受けているのではないかと思わせるのである。そのことは、冒頭に登場する神がみが、三柱、五柱、七代など中国的な聖数観念を強く意識して神名が並べられている点ともかかわるのだが、自然に語りだされた神話というのとは違って、文章として整えられているとみるべきであろう。

その意味で、この冒頭三神におけるアメノミナカヌシが名前だけで何らの働きがないのを取りあげて、日本人の思想における中心の不在を論じた河合隼雄の「中空」論はわかりやすい説明ではあるが（『中空構造　日本の深層』）、ほんとうに日本人の精神構造を言い当てているかというとそれは疑わしい。もともと日本人の聖数は偶数であり、対になる関係に意味を見いだそうとする傾向が強い。そこにアメノミナカヌシを持ち込んだために中抜けになってしまった。

ウマシアシカビヒコヂ

高天の原に対して、大地のほうはどうかというと、高天の原と同じように初めての生命が芽吹いてくる。それを古事記は次のように語る。さきほどと同じかたちで引用する。

つぎに、国はできたてで水に浮かんだ脂身（あぶらみ）のごとく、海月（くらげ）なして漂っている、その時に、葦（あし）の芽（かび）のごとくに萌えあがるものがあり、その成りでた神の名は、ウマシアシカビヒコヂ（宇摩志阿斯訶備比古遅神）という。つぎに、アメノトコタチ（天之常立神）。この二柱の神もまた、独り神として成りまして、身を隠された。上（かみ）に掲げた五柱の神は、別天（ことあま）つ神という。（次、国稚如浮脂而、久羅下那州多陀用幣流之時、如葦牙因萌騰之物而、成神名、宇摩志阿斯訶備比古遅神。次、天之常立神、此二柱神亦、独神成坐而、隠身也。上件五柱神者、別天神。）

海に浮かぶ泥のかたまりのようにしてはじめの地面があった。そして、そこにいのちがきざした。それはまるで葦の芽が春になって泥のなかから芽吹くように現れたもので、ウマシアシカビヒコヂ（宇摩志阿斯訶備比古遅神）と名付けられた。解釈すれば、「立派な（ウマシ）葦の芽（アシカビ）の男神（ヒコヂ）」ということになる。その名は、泥のなかから葦の芽が萌え出るようにという本文の説明のままであり、地上の最初の神＝いのちは、葦の芽そのものであるということになる。

ここには、たいそう興味深い発想が見いだせる。地上の最初の生命は草であり、この列島に生きた古代の人びとは生命の誕生をそのように認識していたということである。絶対神が泥で造った人形に息を吹き込んで最初の人を造ったという『旧約聖書』「創世記」のアダムの誕生を語る神話とは違って、あるがままに土のなかから最初のいのちが顕れ、ウマシアシカビヒコヂと呼ばれた。これが、「人」の誕生、人の元祖の出現を語る神話だったということになる。

このあとのイザナキ（伊耶那岐命）の黄泉の国訪問神話のなかに、人が「青人草（あおひとくさ）」と呼ばれていたことがわかる神話がある。そこでも、人は草であると認識されているように、この列島に暮らした人びとにとって、人は草だったのだ。そしてそれは日本人のというよりは、太平洋西端の、温帯モンスーンから熱帯モンスーン地帯の湿潤な気候に覆われたあたりに住む人びとの共通した発想だったと考えられる。だから、自然に土のなかから草が生えてくるように、食べ物にはいつの間にやらカビ（黴）と呼ばれる生命が萌え出てくるように、人も土のなかから萌え出てくるのだ。

ここにはもう一柱、アメノトコタチ（天之常立神）が出てくるが、この神が大地から萌え出たというのはいかにも不自然というしかない。しかも、その次のところにクニノトコタチ（国之常立神）なる神が出てくるのだからなおさらである。アメ〜とクニ〜とで対になっていた神が、最後のところにあるように、全体を五柱に整えるために、このような変則的なかたちになってしまったとみえる。しかも、泥のなかから成り出たウマシアシカビヒコヂまで「天つ神」だというのは、どう考えても無理がある。天つ神というのは、高天の原に出自をもつ神をいうが、そのなかでもここの天つ神は別格の天つ神だと言いたいのだろうが、ウマシアシカビヒコヂはどうみても大地の生命でなければ落ち着かない。

「なる」神から「うむ」神へ

この五柱に続いて、古事記は神世七代の神がみが続いて成り出たという。その神というのは、クニノトコタチ（国之常立神）、トヨクモノ（豊雲野神）という独り神二代が成り出たあと、ウヒヂニ（宇比地迩神）・妹（いも）スヒヂニ（須比智迩神）、ツノグヒ（角杙神）・妹イクグヒ（活杙神）、オホトノヂ（意富斗能地神）・妹オホトノベ（大斗乃弁神）、オモダル（於母陀流神）・妹アヤカシコネ（阿夜訶志古泥神）、イザナキ（伊耶那岐神）・妹イザナミ（伊耶那美神）というかたちで五代の神が成ったというのである。最初の二神はひとり一代、続く神は男と妹とのセットになって五代十柱の神が続く。

ここに出てくるウヒヂニ・スヒヂニは泥土（ヒヂニ）、ツノグヒ・イクグヒのクヒは男根、オホトノヂ・オホトノベのトは女陰というふうに考えられるとすれば、泥のなかから芽吹いたいのちが性を整えて交わりつつ、イザナキ・イザナミという最初の完成された男と女へと姿を変えるさまを示しているという読みも可能になるかもしれない。そこには強引な推測を含んでいるとしても、ここに並べられた神名がでまかせに出てきたわけではないはずで、何らかの神話が背景に埋め込まれているということは考えておく必要がある。

いずれにしても、神がみが次々に成り出ることによって、次第に明確に男性性と女性性とをもった神が現れ、その二人が結婚して国を生み、神を生んでいったというイザナキとイザナミの神話に展開してゆくのである。そして、この男女の交わりによって「生む」神の前に現れた神がみはウムのではなく、「なる」ことによって現れた神と語られる。

このナル（成る）神については、思想史家の丸山眞男に「歴史意識の『古層』」という有名な論文がある。そのなかで丸山は、世界の創成神話には、ツクル（作）・ウム（生）・ナル（成）の三つの語り方があることを指摘する。そして、その三つの現れかたは民族によって違うとした上で、「日本神話では『なる』発想の磁力」が強い傾向にあると述べる。

ナルというのは、自然に次々に現れ出ることであり、ツクルやウムのような主体をもたない誕生をいう。そうしたナルが、この列島に住む人びとにとってなじみやすい発想だったというのは、日本人の思考を考える上で興味深いことだと思う。ただし、先にも述べたようにそれは日本人固有のというのではなく、熱帯モンスーンから温帯モンスーンによって生じる湿潤な気候帯に位置する太平洋西岸域の人びとに共通する発想だと考えたほうがいい。そこにこの系統の神話の古層的なあり方が見えるというのは、日本人の起源を考える上でも納得しやすい説明ではないかと思う。そして、このナルという発想こそが、人間の元祖であるウマシアシカビヒコヂの誕生に鮮明に見いだされるのである。

こうしたウマシアシカビヒコヂや青人草という発想の背後に主体性のなさを見いだし、否定的な評価をすることもできるかもしれない。しかし、そのようにして打ち棄ててしまうのではなく、自然性とか自然との共生といったなかで捉え返してみるのも大事なことではないか。

人は生まれ、そして死んでゆく。誕生とともに宿命づけられた死という認識は、まさに人は植物から誕生したという発想と共通する。だから木が生えて枯れていくように、草が生えて枯れるように、人間も生まれて死んでゆくのだという発想のなかで、この列島に生きた人びとは生を受け入れ、神話もそのように展開する。仏教思想における輪廻転生などの哲学化した思弁というのではなく、ごく当たり前のものとして生と死をとらえる発想であり、それは、このあとに語られる黄泉の国訪問神話の最後の場面にもよく表れているように思う。

オノゴロ島

神世七代の最後に現れたイザナキと妹イザナミのイザは「さあ」と誘う意味だろうとみなされている。その誘いの男神（おがみ）と誘いの女神（めがみ）とが結婚し、大地および大地の上の神がみを生むというのが、まず最初に語られる神話の塊である。それは、このようにしてはじまる。

ここに、すべての天つ神のお言葉により、イザナキとイザナミ二柱の神に、「この、漂っている地（くに）を、修めまとめ固め成せ」と仰せられ、アメノヌボコ（天沼矛）を授けられた。

そこで、二柱の神は、天の浮橋に立って、そのヌボコ（沼矛）を指し下ろし、塩コヲロコヲロに（許袁呂許袁呂迩）かき鳴らして引き上げる時、おのずと、その矛の先からしたたり落ちた塩が、累なり積もって島になった。これが、オノゴロ（淤能碁呂）島である。


まずは地上に足場となる島を造ろうというわけである。それを命じるのは、天つ神たちとなっているが、具体的にどの神が、というよりは、アメノミナカヌシ以下、イザナキより前に成った神世七代の神がみのことだろうと考えておけばいい。ほとんど実態のなさそうな神ばかりだ。このあとの神話でも、高天の原の神がみは、何かあると会議を開いて相談すると語られているので、ここもそうしたイメージが自然に出てしまうということなのだと思う。

高天の原から地上に降りる場合、神は、天の浮橋という宇宙ステーションのごとき中継地に降り、そこから地上に降りてくることになっているのだが、イザナキとイザナミは、その浮橋から地上に、天つ神に授けられた矛をさし下ろしかき回して、島を造ったというのである。海のなかの漂う泥を攪拌（かくはん）すると固まって島になった。自ずから凝り固まった島だからオノゴロ島という。コロは、煮凝りなどのコリ（凝る）で固まることをいう。

こうした、「原初の宇宙や国土が海中を漂っていたという考えは、ポリネシアに拡がっている、マウイ神が海中から島を釣り上げたという筋の神話」と近似しており、それは「ポリネシアにつらなるような、海洋民的色彩の濃い」もので、「日本では海人（あま）が伝承していたものであろう」と大林太良は述べている（『神話と神話学』）。

初めての結婚

さて、地上にできたオノゴロ島に降りたふたりは、結婚によって子を生むのだが、この初めての男女の交わりは、なかなか意味深な会話によって展開する。

ここに、その島に天降（あも）りなされて、天の御柱（みはしら）を見立て八尋殿（やひろどの）を見立てた。そして、その妹（いも）イザナミに言うことには、

「お前の体はいかにできているか」と。すると、答えて、

「わたしの体は、成り成りして、成り合わない処がひと処あります」と。

するとイザナキが仰せになることには、

「わが身は、成り成りして、成り余れる処がひと処ある。そこで、このわが身の成り余れる処を、お前の体の成り合わない処に刺し塞いで、それで国土を生みなそうと思う。生むこと、いかに」と。イザナミが答えて言うことには、

「それは、とても楽しそう」と。

ここにイザナキが仰せになることには、

「それならば、われとお前と、この天の御柱を行き廻り、逢ったところでミトノマグハヒ（美斗能麻具波比）をなそう」と。このように契ると、すぐに、

「お前は右より廻り逢え。われは左より廻り逢おう」と仰せになった。

契り終えて廻った時、イザナミがまず言うことには、

「ああ、なんてすてきなおとこ（袁登古）よ」と言い、そののちにイザナキが、

「ああ、なんとすばらしいおとめ（袁登売）なのだ」と言う。

それぞれが言い終えたのちに、その妹に告げて言うことには、

「おなご（女人）が先に言うのは良くないことよ」と。

しかしながら、そのまま秘め処にまぐわいして生んだ子はヒルコ（水蛭子）。この子

は葦船（あしぶね）に入れて流し去（す）てた。つぎにアハシマ（淡島）を生む。これもまた、子の数には入れない。

ほぼ原文にしたがって訳した。テンポのいい短い会話によって話が進み、イザナミの「それは、とても楽しそう」を引き出してしまう。この部分は原文「然、善」とあるのを、少し意訳したのだが、上手な漫才のようで笑わせる。でき過ぎたところと足りないところを合体させて子を作ろうなどという会話は、滑稽なおかしみをねらっているとしか思えない。語りだから、そういう表現も生まれるのである。

ミトは漢字を宛てれば「御門」で女陰のこと、マグハヒは結婚を意味することばで「マ（目）カフ（交）」がマグハフになったとするのが有力だが、無理ではないか。おそらく、抱くことをいう「まく（巻く、枕く）」あるいは求婚する意の「まぐ（求）」に由来する語で、それが再活用した「まぐふ」に継続の活用語尾「ふ」が付いた「まぐはふ」の連用形名詞化がマグハヒであり、具体的に男女が交接することをいう語とみたい。かなり露骨な表現ではあるが、きれいなことばである。

柱を立てて廻るというのは、トーテムポールなどを連想させ、柱は世界の中心を表す。

そのまわりをまわる儀礼はヨーロッパのメイポール（五月祭）などがよく知られているが、能登地方の「あえのこと」では囲炉裏のまわりを裸の男女がまわったりするという。男が左から女が右からというところには男性優位の考え方があり、それは、女性が先にことばをかけるのはよくないというイザナキの発言につながっている。

　しかし、良くないといいながらそのまま交わってしまったために、ヒルコ（蛭）やアハシマ（沫のような島のことで、出産後の胞＝胎盤をいうか）が生まれ、棄ててしまったとある。現代では許容しがたい発想だが、神話や昔話などの様式として、最初に失敗を語るという展開が多く、ここも失敗の後の成功を語ろうとしてこのような表現になっているものと考えられる。イザナキとイザナミは、うまくいかなかった理由を知るために、高天の原にもどって神がみの教えを聞くことにする。

　すると天つ神たちは、太占という占いをして、「女が先に誘いかけたのが良くない（因女先言而不良）。また帰り降りて、改めて言いなおせ」と教える。そこでふたりは再度地上に降りて、イザナキが先に、イザナミがあとにことばをかけて結ばれ、大地や神がみを生み成すことができたのである。フトマニというのは古代の代表的な占いの方法で、鹿の肩骨を火で焼き、そのひび割れ方によって神の意志を判断する占いをいう。このあとも、何か問題が生じると太占による占いがなされる。

最初の結婚については、男性優位とする思想のほかに、兄妹婚（けいまい）のタブー（禁忌）が関与しているのではないかという見方がある。イザナミが「妹伊耶那美命」と記されているところからみて、二人は兄と妹と考えられるからである。

「いも」という語は、歌のなかでは恋人や若妻をいうのがふつうだが、もとは親族呼称として兄弟姉妹のあいだの女キョウダイを指す語である。そして、キョウダイの結婚はどの社会においてもタブーとしてあるので、最初の男女として語られる兄イザナキと妹イザナミのあいだにも強いタブー性が認められ結婚は許されないとみなければならない。そのために、最初の失敗が語られるというのが基層の心性としてあり、そこに新たな観念としての男性優位の考え方がかぶさっている、それが古事記に見られる最初の結婚の失敗なのではなかろうか。その痛みを克服することによって、イザナキとイザナミは「生む」ことを許されるのだ。

ちなみに、古代の日本列島では、同母兄妹の結婚は完全にタブーだが、異母兄妹間の結婚は、ある種聖婚（理想婚）として重んじられる傾向がある。ただし、それは天皇や貴族という血を重視する人びとのあいだに行われたものであって、それを一般化することはできないのではないかと思う。

大地と神がみの誕生

イザナキが先に声をかけた上でふたりは結ばれ、イザナミはつぎつぎに子を生み成していく。挿入した系図2（三八、三九頁）を見ながら確認してもらいたいが、まずは淡道之(あわじの)穂之狭別(ほのさわけ)の島から大倭豊秋津(おおやまととよあきづ)の島（本州）に至る大八島(おおやしま)が生まれる。淡路島、四国、隠岐島、九州、壱岐、対馬、佐渡島、そして本州という日本列島の主要な八つの島である。淡路島から始まっているのは、この国生み神話を語り出したのが淡路島周辺の海民集団だったからではないかと言われている。そのあと、帰り道に、吉備の児島から両児(ふたご)の島に至る六つの島々が生み成される。瀬戸内海や九州西岸にある島々と考えられる。いわゆる国生みとされる大地の生成で名が出てくるのは、以上の十四の島々である。北海道（蝦夷島(えぞがしま)）は出てこないし、本州も東北方面は認識の外にあったと考えられる。古事記に出てくるもっとも北の地名は、佐渡を除き、本州では会津（今の福島県）である。

　大地のあとは、その地上に生命力を与える神がみが生み成されていく。オホコトオシヲ（大事忍男神）からハヤアキツヒコ（速秋津日子神）・妹ハヤアキツヒメ（速秋津比売神）にい

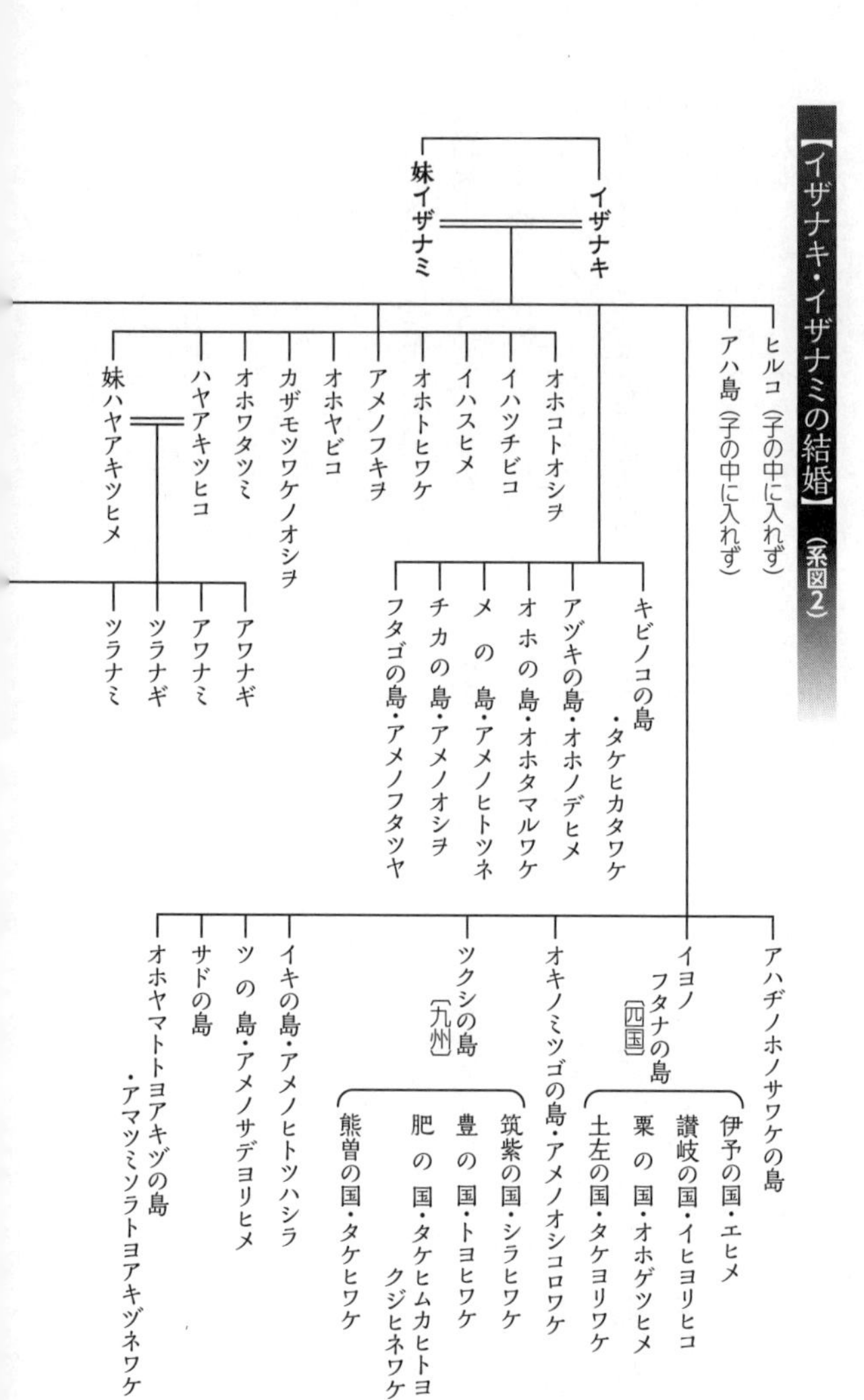
【イザナキ・イザナミの結婚】（系図2）
イザナキ
妹イザナミ
ヒルコ（子の中に入れず）
アハ島（子の中に入れず）
アハヂノホノサワケの島
イヨノフタナの島〔四国〕
伊予の国・エヒメ
讃岐の国・イヒヨリヒコ
粟の国・オホゲツヒメ
土左の国・タケヨリワケ
オキノミツゴの島・アメノオシコロワケ
ツクシの島〔九州〕
筑紫の国・シラヒワケ
豊の国・トヨヒワケ
肥の国・タケヒムカヒトヨクジヒネワケ
熊曽の国・タケヒワケ
イキの島・アメノヒトツハシラ
ツの島・アメノサデヨリヒメ
サドの島
オホヤマトトヨアキヅの島・アマツミソラトヨアキヅネワケ
キビノコの島・タケヒカタワケ
アヅキの島・オホノデヒメ
オホの島・オホタマルワケ
メの島・アメノヒトツネ
チカの島・アメノオシヲ
フタゴの島・アメノフタツヤ
オホコトオシヲ
イハツチビコ
イハスヒメ
オホトヒワケ
アメノフキヲ
オホヤビコ
カザモツワケノオシヲ
オホワタツミ
ハヤアキツヒコ
妹ハヤアキツヒメ
アワナギ
アワナミ
ツラナギ
ツラナミ

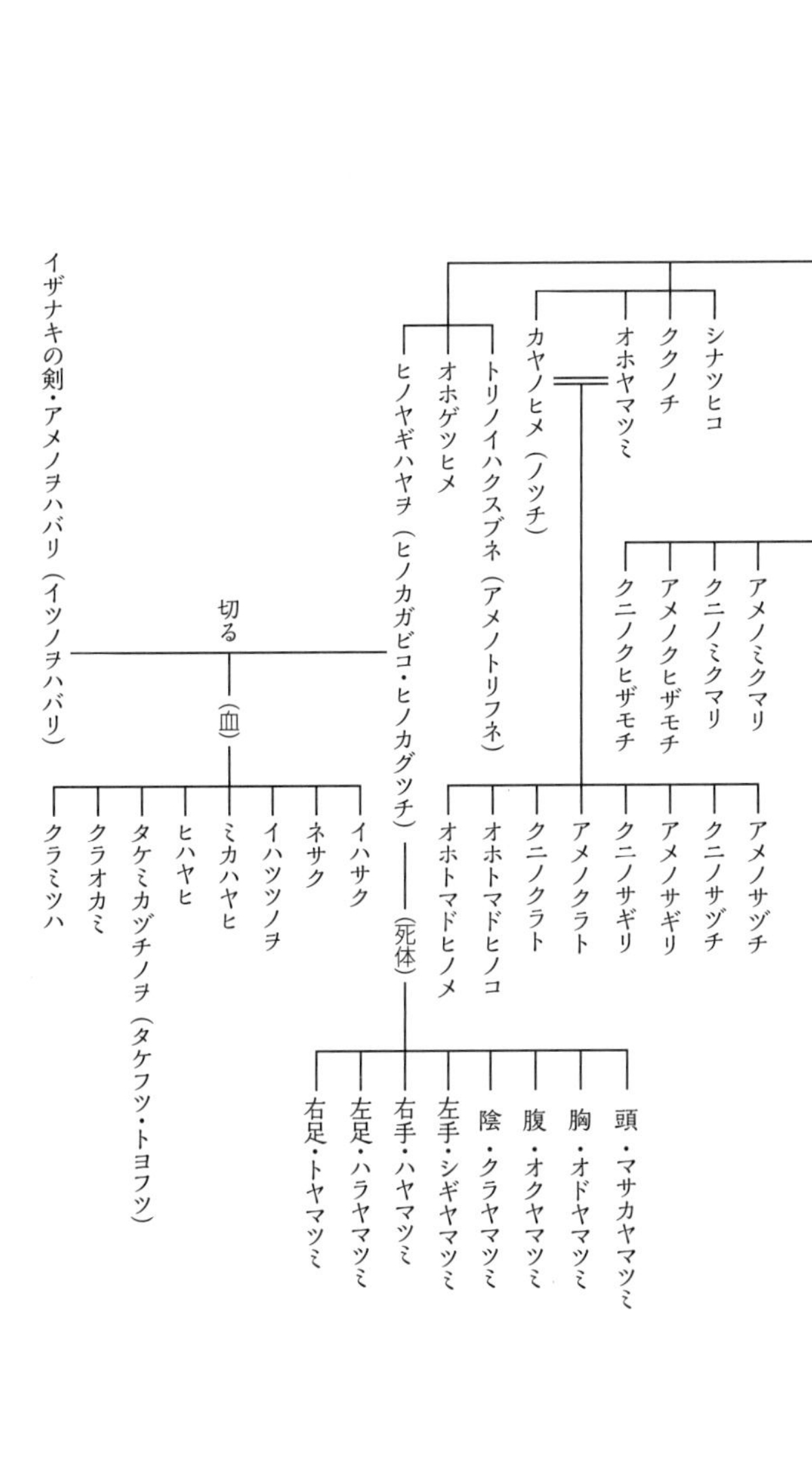

シナツヒコ
ククノチ
オホヤマツミ
カヤノヒメ（ノツチ）
アメノミクマリ
クニノミクマリ
アメノクヒザモチ
クニノクヒザモチ
アメノサヅチ
クニノサヅチ
アメノサギリ
クニノサギリ
アメノクラト
クニノクラト
オホトマドヒノコ
オホトマドヒノメ
トリノイハクスブネ（アメノトリフネ）
オホゲツヒメ
ヒノヤギハヤヲ（ヒノカガビコ・ヒノカグツチ）
（死体）
頭・マサカヤマツミ
胸・オドヤマツミ
腹・オクヤマツミ
陰・クラヤマツミ
左手・シギヤマツミ
右手・ハヤマツミ
左足・ハラヤマツミ
右足・トヤマツミ
切る
イザナキの剣・アメノヲハバリ（イツノヲハバリ）
（血）
イハサク
ネサク
イハツツノヲ
ミカハヤヒ
ヒハヤヒ
タケミカヅチノヲ（タケフツ・トヨフツ）
クラオカミ
クラミツハ

たる十神。意味のわからない神も多いが、岩石や風や、建物や海の神などである。そして、その末尾の兄妹が結婚して、アワナギ（沫那藝神）からクニノクヒザモチ（国之久比奢母智神）に至る八神が生み出される。イザナキ・イザナミにとっては孫ということになる。

そしてまた、イザナキとイザナミが結ばれ、シナツヒコ（志那都比古神）からカヤノヒメ（鹿屋野比売神）に至る四神が生まれるが、これは風や山や野の神である。そして、そこで生まれたオホヤマツミ（大山津見神）とカヤノヒメとが結婚してアメノサヅチ（天之狭土神）以下の八神が生まれる。イザナキ・イザナミの孫にあたり、大地にわく霧や深い谷の神らしい。

このようにして、イザナキとイザナミによって、大地の神十四柱、その大地にいます神十四柱が生まれ、二人の子から併せて十六柱の神が生まれる。八百万と称される神がみの数からすると、合計四十四柱というのはそれほど多いわけではないが、この大地とその上にいます神のすべては、イザナキとイザナミからつながるいのちあるものとして存在することになったのである。

火の出現

そのあと、イザナミは火の神を生んで命を落としてしまう。その部分を引用すると次のようになっている。

つぎに生んだ神の名は、トリノイハクスブネ（鳥之石楠船神）、またの名はアメノト

【イザナミの病と死】（系図3）

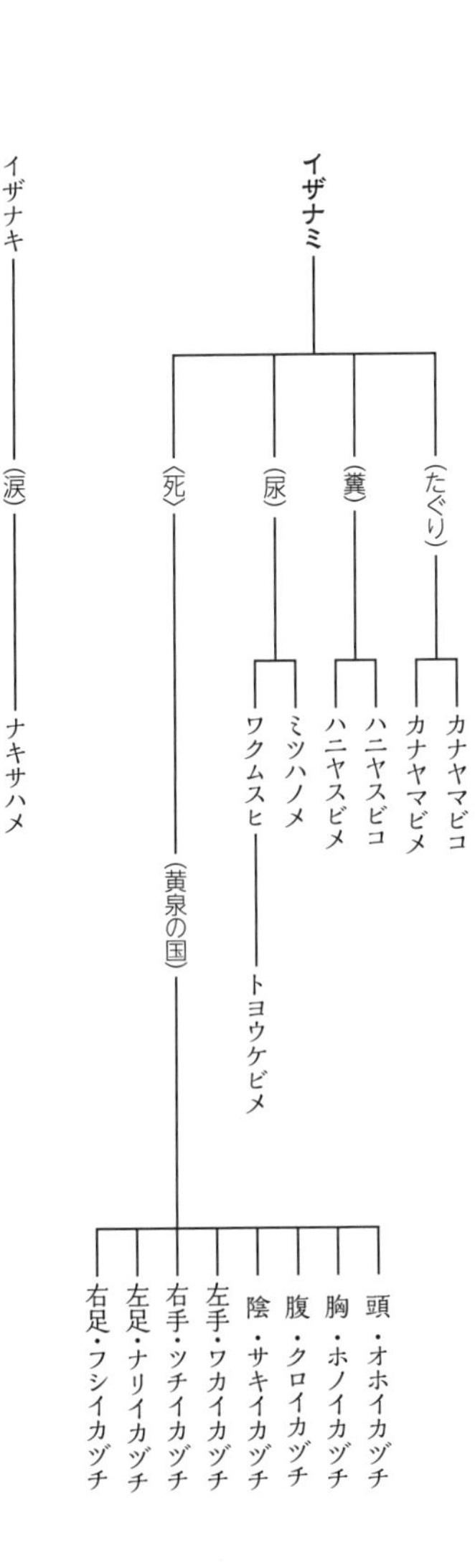

リフネ（天鳥船神）。つぎに、オホゲツヒメ（大宜都比売神）を生み、つぎにヒノヤギハヤヲ（火之夜藝速男神）を生んだ。またの名はヒノカガビコ（火之炫毘古神）といい、またの名はヒノカグツチ（火之迦具土神）という。この子を生んだために、イザナミは美蕃登（みほと）を焼かれて、病み臥（ふ）せってしまう。

そして、病に臥せったイザナミのたぐり（嘔吐したもの）や大小便から神が生まれたと語られる（系図3参照）。

火は、ヒトを知なる人に上昇させる。あらゆる文化は火をもつことから始まったと考えられている。そして、そのすばらしく恐ろしい力を手に入れるために、人は多大な犠牲をはらうことになる。古事記の神話では、母なる神を傷つけ殺してしまうという、これ以上ない大きな犠牲と引き換えに、火を手に入れることになった。その苦しみがまた、カナヤマビコ（金山毘古神）・カナヤマビメ（金山毘売神）やハニヤスビコ（波迩夜須毘古神）・ハニヤスビメ（波迩夜須毘売神）を生み成していく。そしてこれらカナヤマ（鉄山）やハニ（埴、赤土）などの自然を原料として、「火」の力が加えられることによって人類の知の成果ともいえる鉄器や土器が生み成されるところに、火の魔力と魅力が象徴的に示されているということができるのではなかろうか。
そしてとうとうイザナミは神避(かむさ)ってしまう。古事記では、イザナミの亡骸は、「出雲の国と伯伎(ははき)の国との堺の比婆(ひば)の山に葬った」と伝えられている。島根県と鳥取県との境にある山だというのだが、それがどこかはわからない。さまざまな説が出されているが、具体的な場所の穿鑿(せんさく)はここでは控えておこう。ただ、出雲という地がイザナミの死とつなげて考えられているということは覚えておきたい。

遺されたイザナキは悲しみ怒り歎いて、火の神を斬り殺してしまう。しかし、いったん手に入れた火が無くなってしまうことはない。斬れば斬るほど火は分裂して増殖する。それが、系図2の最後のところに記した、イハサク（石拆神）以下の火の神およびその派生神である。そこには、タケミカヅチノヲ（建御雷之男神）という刀剣の神も生まれている。この神は、アマテラス（天照大御神）とタカギ（高木神）の命令を受けて地上を制圧する際に活躍する神である。また、斬り殺された火の神（カグツチ）の体のそれぞれの部位からも、マサカヤマツミ（正鹿山津見神）以下八柱の山の神が現れてくる。

黄泉の国へ

神は隠れるというかたちで姿を消してしまうことはあっても死ぬことはない。ところがイザナミは「神避る」という表現で死が描かれる。それゆえか、イザナキは、他の神がみにはあまり見られない激しい感情が表に噴出する。自分の子でもあるはずの火の神を斬り殺したりするのもその表れだが、死んだイザナミを連れもどそうとして黄泉の国に出かけて行くというのもそうした感情の激しさの表れにみえる。

そこでイザナキは、妹イザナミに会おうと思い、黄泉の国へ追いかけて行った。そして、イザナミがみずから、殿(との)の閉ざし戸(と)に出向いて迎えた時、イザナキは語りかけ、

「いとしいわが妹よ、われとお前とで作った国は、まだ作り終えてはいない。さあ、帰ろうではないか」と仰せになった。するとイザナミが答えることには、

「くやしいことよ、もっと早く来てくださらなくて。わたくしは、黄泉戸喫(よもつへぐひ)をしてしまいました。それでも、いとしいあなた様が入り来てくださったことはおそれ多いことでございます。そこで、帰りたいと思いますゆえ、しばらく黄泉の国を領(うしは)く神と話

し合いをいたします。そのあいだ、どうかわたくしを見ないでください」と、こう申しあげて、その殿の内にもどってしまい、そのまま久しく長い時が過ぎて待ちきれなくなってしもうた。

そこで、左のみずらに刺したユッツマ櫛の大きな歯一つをへし折り、火を灯して入って見た時、イザナミの体には蛆虫が這いまわりゴロゴロと音をたてていた。そして、頭にはオホイカヅチ（大雷）がおり、胸にはホノイカヅチ（火雷）がおり、腹にはクロイカヅチ（黒雷）がおり、陰にはサキイカヅチ（拆雷）がおり、左の手にはワカイカヅチ（若雷）がおり、右の手にはツチイカヅチ（土雷）がおり、左の足にはナリイカヅチ（鳴雷）がおり、右の足にはフシイカヅチ（伏雷）がおり、あわせて八つのイカヅチ（雷神）どもがわき出し蠢いている。

死者が行くという黄泉の国はイザナミだけがいるのではない。黄泉の国を管理する神（黄泉神）がおり、その黄泉の国のなかにイザナミのいる「殿」がある。そのイメージは、死者が葬られるまでのあいだ安置される殯宮（モガリノミヤとも）から発想されているとも、横穴式石室の、羨道と呼ばれる通路とその奥の玄室（棺を納める部屋）のさまから発想されているとも言われているが、どちらかといえば横穴式石室説のほうが理解しやすい。しかし大事なことは、その石室だけが黄泉の国なのではなく、黄泉の国は地下にある広い空間で、そのなかにはいくつもの殿（建物）があって、そのうちの一つにイザナミは寝かされているという配置になっていると考えなければならないということである。そこの理解を間違えると、あとに出てくる黄泉比良坂（よもつひらさか）との関係を読み誤ってしまう。

　イザナキが訪れた時、イザナミは殿のなかにいて、その殿の戸を挟んでイザナキと向き立った。戸を開けてはいないと考えた方がいいだろう。原文は「自殿縢戸出向之時」とあって、閉ざした戸から（外に）出て迎えたとも読めるのだが（以前はそう考えてもいたが）、それだとイザナキとイザナミはじかに対面していることになってしまう。あとの展開を踏まえると、ここは、「戸」を開けずに戸のところで出迎えたと理解したほうがいい。そして、戸というのは、内部と外部とを遮断するものとして、さまざまな場面に登場する。ここも、世界は戸によって二つに分断されているので、見るなと言われて待ち続けたイザナキが、長い時間を経て我慢できなくなったから、一つ火を灯して中に入ったのである。その時、はじめて戸は開けられたということになる。

　ヨモツヘグヒというのは、黄泉の国のかまどで煮炊きした食事をとることをいう。ヘグヒの「へ」は竈（へっつい）の「へ」で、黄泉の国のかまどで煮炊きした料理を食べてしまうと、二度と元の世界へはもどれないのである。一宿一飯の恩義というのと同じ発想だ。また、みずらは、頭の両側で束ねた成人男子の髪型で、そこには櫛が挿してある。ユツは神聖な、ツマ櫛というのは爪の形をした櫛で、弥生時代の遺跡などから竹や柘植（つげ）で作られた櫛がしばしば出土する。それを明かりとして真っ暗な建物のなかに入って行ったのである。

火の中に浮かんだイザナミの姿は、原文に「宇士多加礼許呂呂岐弖（うじたかれころろきて）」と一字一音で表記され、蛆虫が体にたかってゴロゴロと音を立てていると表現する。コロロキ（許呂呂岐）は音を立てているさまをいう擬音語（オノマトペ）で、蛆虫がザワザワ這いまわっている腐爛死体のさまが浮かんでくる。古代の人たちの死のイメージは、このように具体的な肉体の腐乱として存在する。それはまた蛆虫だけではなく、死体の八つの部位にうごめくイカヅチ（雷）というかたちで描かれていく。イカヅチは威力のある恐ろしいものの意で、その得体のしれない恐ろしいやつらが体にへばりついているというのである。

逃竄譚

イザナミの変わり果てた姿を見て恐ろしくなったイザナキは逃げ帰ろうとするのだが、

そこで展開されるのが鬼ごっこである。逃竄譚と呼ばれる鬼ごっこは、今も探偵小説や映画・テレビドラマでしばしば使われる手法で、恐怖感を盛り上げるには欠かせない。その本邦最初の鬼ごっこは、次のように語られる。

ここにイザナキは、イザナミを見て恐ろしくなり、逃げ帰ろうとした時、その妹イザナミが、「わたしに恥をかかせた」と言うやいなや、ヨモツシコメ（予母都志許売）に命じて追わせた。そこでイザナキは、クロミカズラの冠を取って投げ棄てると、すぐさま蒲子が生えてきた。シコメどもがその実を摘んで食べているあいだに逃げたが、なおも追って来るので、こんどは右のみずらに挿してあったユツツマ櫛の歯を引き欠いて投げ棄てると、すぐさま笋が生えてきた。やつらがまたそれを食っているあいだに、逃げに逃げた。

また続いて、あの八つのイカヅチ（八雷神）に、千五百もの黄泉の国の軍人どもを副えて追わせた。そこでイザナキは、腰に佩いていた十拳の剣を抜いて、後ろ手で剣を振りまわしながら逃げて来たが、なおも追ってきて黄泉比良坂の坂本に到り着いた、その時に、その坂本に生えていた桃の実を三つ取り、待ちかまえてぶつけると、みな逃げ帰っていった。

旅する神は、頭につる草で作ったかぶりものをしている。沖縄のシャーマンがかぶっているような鬘（かずら）で、つる草で作られているから、それを投げ棄てると蒲子＝山ぶどうが生えてくるのである。昔話の「三枚の御札」につながっているような危機脱出の語り方である。そして、櫛を投げると筍（竹の子）になるのも、その原材料が竹だからだということになる。そして、こうした繰り返しはたいてい三回というのが相場である。そしてその三回目が桃の実で、桃は呪力があると考えられている。中国の神仙思想の影響があるだろうと言われているが、桃の実の呪力はずいぶん古くから感じられていたらしく、あの卑弥呼（ひみこ）の宮殿跡ではないかとも言われている奈良県桜井市の纒向（まきむく）遺跡から大量の桃の種が出土して話題になったこともある。

ここで注意しておきたいのは、桃の木が生えていた黄泉比良坂の「坂本」についてである。坂本というのは坂のふもとをいうわけだが、イザナキはここまで逃げて、地上につながる坂の登り口のところにようやく辿り着いたということになる。したがって、それまで、イザナミの横たわる建物（殿）を飛び出しシコメたちやイカヅチどもに追われながら黄泉の国のなかをあちこち逃げ回っていたと解釈しなければならない。

しかし、この坂本を、上のほうにある（あるいは峠の向こうにある）黄泉の国から比良坂を通って逃げてきて辿り着いたところだと解釈するのが、現在では有力な見解になっているらしい。だが、そこには大きな勘違いがある。逃げ回っていたのは黄泉の国のなかであって、坂を逃げ下ってきたわけではないのだから。もし、坂を逃げて坂本に辿り着いたのなら、もう出口は目の前にあるわけで無事に逃げきったということになる。ところが、逃竄譚はまだ終わっているわけではなく、もっとも有力な三番目の追手がこのあとにやってくるのである。それなのに、真打ちがやってくる前に出口の坂本にいたのでは話にならない。

権威があるとされる研究者が言い出した説だからというので、検証もしないままに受け入れてしまうと、それが通説になる。しかし、坂を逃げ下ってきたと解釈すると、イザナキはせっかく逃げおおせたのに最後の追手を坂本でのんびり待っているというような間延びした展開の話になってしまうではないか。だから、ここはそう読むべきではない。黄泉の国のなかを逃げてようやく坂本まで来て、そこにあった桃の実でイカヅチどもを運良く追い払うことはできた。しかし、そのあとにはイザナミが追いかけてくるのだ。だから、最後の力を振り絞り、坂を登って逃げなければならない。その坂を逃げる場面が、逃竄譚の最後に語られるのである。これからイザナキは坂を登らなければならないのだが、そこに行く前に桃の実に対するねぎらいと感謝のことばを確認しておきたい。

　ここにイザナキは、その桃の実に告げて、「汝(なんじ)よ、われを助けたごとくに、葦原(あしはら)の中つ国に生きるところの命ある青人草(あおひとくさ)（於葦原中国所有宇都志伎青人草）が、苦しみの瀬に落ちて患(わずら)い悩む時に、どうか助けてやってくれ」と言うと、オホカムヅミ（意富加牟豆美命）という名を賜わったのである。

　原文にあるウツシキ（宇都志伎）という語は、「うつし」という形容詞の連体形で、「現実の、この世の」という意味。だから、現実の青々とした人である草という意味になる。青というのは、生き生きしていることを表す。古代では緑もアヲという。青々とした人である草。人と草とは同格と考えるべきだ。青々とした人であるところの草、つまり人は草だという発想がこの「青人草」には表されている。人は草のような存在だというのではなく、草そのものだと考えていたのだ。その発想は、冒頭のところで地上に最初に成ったと語られていたウマシアシカビヒコヂ、立派な葦の芽の男神と同じである。

神がみが活躍する神話の世界にも、その背後に人はたくさんいると考えられていることが、こういう描写からもわかる。しかし、神話は神がみの物語だから人は登場しないのだ。その人間が、この場面ではめずらしく話題になっているというわけである。

言戸をわたす

最後にイザナミ自身が追いかけてくる。その逃げ帰る坂の途中、千引（ちびき）の岩を挟んで二人は向き合うことになる。


しまいに、その妹イザナミが、自ら追いかけてきた。そこでイザナキは、千人（ちたり）がかりで引いて、ようよう動かせるほどの大岩を、その黄泉比良坂の中ほどに引き据えて道を塞（ふさ）いで、その塞（さ）えぎり岩を中に置いて、それぞれ、こちらとあちらとに向き立ち、言戸（ことど）（事戸）をわたす時、イザナミが言った。

「いとしいわたくしのあなたよ、このようなことをするなら、あなたの国の人草（ひとくさ）を、ひと日に千頭（ちがしらくび）絞り殺します」

するとイザナキは、仰せになり、

「いとしいわが妹ごよ、お前がそうするというのなら、われは、ひと日に千五百(ちいほ)の産(うぶ)屋(や)を建てよう」と言うた。

それゆえに、葦原の中つ国では、ひと日にかならず千人(ちたり)の人が死に、ひと日にかならず千五百人(ちいほたり)の人が生まれることになった。

原文に「事戸」とあるのを言戸と解したのは、コトは言、ドは戸とみなして「ことばによる戸」と理解したからである。「戸」が隔てとしてあることは黄泉の国訪問の最初のところでふれた。それと同じ使い方をしているのがこの「戸」で、ことばによる戸（隔て）とは、「別れのことば」のいいである。つまり三行半(みくだりはん)、絶縁状とでもいえようか。

置かれた岩を戸として、イザナミは一日千人の人間を殺すと言う。ここにも「人草」が出てくる。それに対して、イザナキは千五百の産屋を建てると言う。そのために、人間は一日に五百人ずつふえる。生と死の起源がこのように健全なかたちで語られるのが、この神話だ。そしてそれは、人が「草」だからだとでも言いたそうだ。

神話というのは、たんにおもしろい話を語るだけではなく、そこには教えがある。人はなぜ死ぬのか。そうした命題が神話によって語られることで、人は死を受け入れる。恐ろしい病が蔓延して人は死ぬかもしれないし、年をとれば人は老いて死ぬ。しかし、それにも増して新しい生命は誕生する。それゆえに、生と死は受け入れられるのだ。自分たちが死んでも次の孫やひ孫がちゃんといてくれると考えた時、人は安心して死に向きあうことができる。そのような健全な考え方が神話を成り立たせている。

　黄泉の国との境に戸をおくことによって、死の世界と人の世界はひとまず遮断された。坂を通って逃げ帰って来たという黄泉比良坂は、「今、出雲の国の伊賦夜（いふや）坂」だと古事記は伝えている。そこは、出雲国風土記にいう「伊布夜（いふや）神社」（現在、松江市東出雲町揖屋にある揖夜（いや）神社）のあるあたりとされている。神社の近くの丘陵地には、黄泉比良坂の伝承地というのも存在するが、これは、近代になって作られたものであることがはっきりしている。具体的な場所はわからないが、比婆の山がそうであったように、古事記では出雲の国とイザナミの死が近くにあるとみなされていたのは間違いないことである。

　一方、日本書紀では、イザナミが葬られたのは、「紀伊国の熊野の有馬村」と伝えており（第五段第五の一書）、黄泉比良坂のことは伝えがない。いろいろな場所が該当地として伝えられていくというところに、伝承の本質があるとみたほうがよく、どれが元の正しい伝えかというような問い方はしないほうがよい。

このあと、地上にもどったイザナキは、心身の穢れを落とすために禊ぎを行うのだが、それは出雲とはまったく別の場所が舞台となっている。

禊ぎ

ほうほうの体で黄泉の国から逃げ帰ったイザナキは、その身に付いた穢れを除去するために、禊ぎをする。穢れというのは、日本人の宗教観念にとってもっとも大きな問題で、穢れた場合には、なんらかの方法によって心身を清浄にもどす必要が生じる。その行為が、一つは禊ぎ、もう一つが祓いである。ミソギ(ミソグ)という語の語源は「水滌ぎ」で、それがつづまってミソギになったと考えられている。もう一方の祓いは文字通り、はらうこと。大掃除の煤払いと同じように、穢れをはらってしまうこと。

穢れは、祓ってなくしてしまわなければいけない。それからもう一つの方法は、水をかけて洗い流してしまう。今も、何か悪いことが生じても水に流せばなくなるという観念があるが、それは古代の宗教観念につながるのだと思う。神社では今も、御手洗で手を洗って口をすすぎ、神社によっては拝殿の前で祓の幣を使って体を祓う。二重に穢れを祓っている。イザナキの場合は、水に入って穢れを洗い流すのだが、その場面でも、「禊ぎ祓い」をしたと表記されており、古事記の段階から禊ぎと祓いはいっしょにされているが、本来は別の行為なのである。

いずれにしても、そのようにして心身についた穢れを浄化する。それによって、もとの清浄な状態になる。そのままにしておくと病気になったり、死んだり、恐ろしい目に遭ったりする。たとえば宮中の儀礼でも、民間行事においても、祓は六月晦日の夏越と十二月の晦日の大祓と、一年に二回ずつ行われている。

筑紫の日向の橘の小門の阿波岐原

イザナキの禊ぎの場所は、筑紫の日向の橘の小門の阿波岐原というところとある。律令の国名では九州北部の筑前・筑後をツクシ（筑紫）と呼ぶが、もとは九州全体をさしてツクシと呼んでいる。そして日向は律令の国名としては現在の宮崎県に対応する地域を日向国とするが、ここのヒムカ（日向）は、南九州を広くさす地域呼称であることは、イザナキ・イザナミによる国生み神話において、ツクシ（九州）を生む場面から想定できる。

つぎにツクシの島をお生みになったが、この島もまた、体が一つで面が四つもあった。面ごとに名があって、筑紫の国はシラヒワケ（白日別）といい、豊の国はトヨヒワケ（豊日別）といい、肥の国はタケヒムカヒトヨクジヒネワケ（建日向日豊久士比泥別）といい、熊曽の国はタケヒワケ（建日別）という。

国生み神話ではヒムカ（日向）という地名は出てこない。おそらく、ツクシ（のちの筑前国・筑後国）とトヨ（のちの豊前国・豊後国）とヒ（のちの肥前国・肥後国）とクマソの四つのうちのクマソが、のちのヒムカに対応する地域だとみてよい。現在の宮崎県・鹿児島県に加えて熊本県の南部の球磨地方も含んでいるらしい。律令国名でいうと日向国・薩摩国・大隅国の三国に相当するが、薩摩と大隅が日向から分国されるのは八世紀初めのことなので、この神話にいう日向は、南九州全体を指しているとみなければならないのである。その広い日向の地（国生み神話でクマソと呼ばれている地域）のいずれかに、橘の小門の阿波岐原と呼ばれるところはあるというのだろうが、まったくわからない。神話的な世界なので実在の場所に比定する必要もないが、日に向かうということばを重視すれば、九州南部のなかでも、東側の海岸部というのがふさわしいようにはみえる。しかし、それはあくまでもわれわれ近代人のイメージがそうさせているだけかもしれない。

その日向のなかの橘という地名だが、タチバナは柑橘系の常緑樹で、古代の人たちにとっては常世の国の木だと考えられていた。海の向こうの異界からすばらしいものが寄りつく、そのような場所が橘の地である。そこの小さなミナト（水門）がヲド（小門）で、小さな出入り口（ト＝門）にある阿波岐原ということになる。阿波岐原についてはわからない。

黄泉の国から逃げて出雲に出てきたはずなのに、わざわざ南九州まで行かなければならない理由もうまく説明できない。神の行動が人と違うのは当然で、出雲と木国（紀伊国、現在の和歌山県）がすぐ近くのように結びついていたりするから、特段気にすることもないのかもしれない。こういう場合には、神は空を飛んで移動するので苦労はしないはずだ。

ここで大事なのは日向という名前の意味だ。場所の特定よりも、日向を、太陽に向かうもっともすばらしい場所とする感覚は古代でも変わらないということである。神話のなかでも、宮殿の立派さをほめる場合には、朝日も夕日も当たる場所がすばらしいとほめている。イザナキは、それまで暗黒世界の黄泉の国にいて穢れてしまった。だからその正反対のもっとも明るく日の輝く世界、そこで禊ぎをすることが求められたのである。

もう一点、古事記の神話の最後には、アマテラスの孫であるニニギノミコト（迩々藝能命）が高天の原から降りてくるが、そこは日向の高千穂のクシフルタケ（久士布流多気、霊妙なる峰）であった。日向というのは、日に向かう場所というだけではなく、天孫が降りてくる場所でもあったゆえに、イザナキの禊ぎの場所も日向と語られることになったのであり、この二つの神話は、どこかで響きあっているとみなすのがよいのではないか。

神を生むイザナキ

イザナキは禊ぎののち、次々に神を生んでいく。イザナキは男だが、イザナミに死なれて独りになり、死の世界からもどった途端に単性生殖するようになる。こんなふうに語られる。

　その時に、投げ棄てた御杖（みつえ）から成り出た神の名は、ツキタツフナト（衝立船戸神）。つぎに、投げ棄てた御帯から成り出た神の名は、ミチノナガチハ（道之長乳歯神）。つぎに、投げ棄てた御袋から成り出た神の名は、トキハカシ（時量師神）。つぎに、投げ棄てた御衣（みけし）から成り出た神の名は、ワヅラヒノウシ（和豆良比能宇斯能神）。つぎに、投げ棄てた御褌（みはかま）から成り出た神の名は、チマタ（道俣神）。つぎに、投げ棄てた御冠（みこうぶり）から成り出た神の名は、アキグヒノウシ（飽咋之宇斯能神）。つぎに、投げ棄てた左の御手の手纏（たまき）から成り出た神の名は、オキザカル（奥疎神）、つぎにオキツナギサビコ（奥津那藝佐毘古神）、つぎにオキツカヒベラ（奥津甲斐弁羅神）。つぎに、右の御手の手纏から成り出た神の名は、ヘザカル（辺疎神）、つぎにヘツナギサビコ（辺津那藝佐毘古神）、つぎにヘツカヒベラ（辺津甲斐弁羅神）。

全部で十二の神が次々に生まれてきた（これ以降の系図は六八頁参照）。身につけたものは、順番に杖、イザナキは旅をするのに杖を持っていたらしい。着物の上には帯、帯はバックルのついたベルト。そこに袋をぶら下げる。それから着ている衣、褌、冠。黄泉の国から逃げるときにカズラを投げ棄てたが、その下にはもう一つ冠をかぶっていたらしい。左手と右手に巻いていたブレスレットの各三つの玉飾り。全部で十二だが、品物としては八つ。今までも、イザナミの死体から出てきた雷神も八つで、聖なる数は八。ここでもやはり部位としては八つ。

そして十二の神が現れた。これらの神の名前はよくわからないものと、品物からの連想によってわかりそうなものとがある。杖はつくのでツキタツフナト。フナトは境目という意味。境目に杖を立てて境界の印にするのは、しばしば行われる。説話にもあるパターンで、杖立て説話という。帯はミチノナガチハ。道は帯のようにずっと長く伸びているから、道の神になった。袋はトキハカシ。袋の口を解くという意味から連想しているものと想像される。

衣はワヅラヒノウシ。ワヅラヒ（患い）の主という意味。体を覆っているので穢れがいっぱい溜まるということか。褌（はかま）がチマタ。褌はフンドシのことではなく袴の下につけるシタバカマのこと。二つに分かれているので、分かれ道などの道の辻にいる神になる。冠はアキグヒノウシ。飽きるほど食べることのできる実りという意味か。しかし、なぜその神が冠から生まれるのか、こちらの連想がはたらかない。やはりツル草で山ブドウか。

左手と右手の腕飾りからは、それぞれ「オキ（沖）」と「へ（辺）」という対のかたちをとる神がみが生まれる。海を表す言葉は海の奥のほうと、波打ち際のほうとに分けるのが普通だが、その沖と辺に、それぞれオキ（へ）から遠ざかる神、オキ（へ）のナギサの神、オキ（へ）のカヒベラ。カヒベラのカヒは舟の櫂とかかわるか。カヒとヘラは同じような形状をいう語かもしれないが、意味不明。海にかかわる神がみが生まれる。

そして、禊ぎをするときは身に着けているものを全部脱ぐのだが、裸になっていよいよ水の中に入ったイザナキは、次の神がみを生む。

ここにまた、イザナキが仰せになることには、「上のあたりの瀬は流れが速く、下のあたりの瀬は流れが弱すぎようぞ」とて、はじめて中のあたりの瀬に降り、水の中に潜って身を洗いすすぎたもうた。その時に成れる神の名は、ヤソマガツヒ（八十禍津日神）、つぎにオホマガツヒ（大禍津日神）。このお二方は、その穢れ繁き国に到った時の汚れた垢から成り出た神。つぎに、その身に付いた禍を直そうとして成り出た神の名は、カムナホビ（神直毘神）、つぎにオホナホビ（大直毘神）、つぎにイヅノメ（伊豆能売神）、この三柱の神。つぎに、水の底に沈んですすぐ時に成り出た神の名は、ソコツワタツミ（底津綿津見神）、つぎにソコツツノヲ（底筒之男命）。また、水の中ほどあたりですすいだ時に成り出た神の名は、ナカツワタツミ（中津綿津見神）、つぎにナカツツノヲ（中筒之男命）。また、水の面のあたりですすいだ時に成り出た神の名は、ウハツワタツミ（上津綿津見神）、つぎにウハツツノヲ（上筒之男命）。この三柱のワタツミは、阿曇の連らが祖神として祀り拝む神で、阿曇の連らは、そのワタツミの子、ウツシヒガナサク（宇都志日金拆命）の末と伝える。また、そのソコツツノヲ、ナカツツノヲ、ウハツツノヲの三柱の神は、墨の江の三前の大神のこと。

上と下はだめで真ん中がいいというのは、決まり文句。水の真ん中あたりに潜って禊ぎをした。そしてまずは垢を落とす。その垢から生まれたのが、ヤソマガツヒとオホマガツヒというマガの神。マガは禍という意味。このマガは曲がるのマガと同じ。その次には、マガをそのままに放置すると病気になったりするので、それを治す、つまりまっすぐに直すことが必要になる。そこで、曲がったものを真っ直ぐに矯正する神、カムナホビ、オホナホビとイヅノメが生まれる。ひとりだけ女神が加わり、三人の神様が誕生した。そうやってマガ（禍）と、マガを矯正する神とが生まれた。イヅノメというのはまっすぐにするというよりは、厳かな女神の意で、出自が違うのではないか。

　ようやく体をすすぎ終えて、イザナキの体そのものの穢れを完全に流してしまう。その上で次には、水の中に沈んで、水の底と水の中ほどと水の上面の三か所で体を清める。そのとき水の底に沈んで清めたときに生まれたのがソコツワタツミ、次にソコツツノヲ。水の真ん中あたりで清めたときに生まれたのがナカツワタツミ、ナカツツノヲ。水の面で清めたときに成り出た神がウハツワタツミ、ウハツツノヲ。全部で六柱の神が生まれる。それは、三柱のワタツミ（海の神）と、三柱のツツノヲ（津の男）であった。

ワタツミのほうは阿曇の連の祖先の神として祀り拝む神。阿曇という一族は、ワタツミの子どものウツシヒガナサクという神の子孫としてワタツミの神を祀っている一族。このようなかたちで神の子孫が神を祀るというのは、しばしばみられる祭祀の形態である。このような次第で、自分たちは神の子孫として祖神を祀っているというのである。

阿曇は「安曇」と書かれる場合もあるが、場所は九州の志賀島にワタツミ三神を祀る志賀海神社があり、阿曇氏という古代の海の民の本拠地である。ワタツミ三神は、沖ノ島をはじめ三つの社地をもつ宗像大社に祀られる宗像三女神（第二章参照）とともに航海の神としてよく知られている。玄界灘を中心として九州から朝鮮半島、日本海全域、あるいはその南まで、対馬海流を海の道として、交易や運送、漁撈などを生業として船を操る一族。古代を代表する海の民が阿曇氏であり、その阿曇氏が祀っているのが、ワタツミと呼ばれる海の神である。

後世の芸能には、磯良舞という芸謡があり、そこにはワタツミの化身のような阿曇磯良が登場する。また、信州の安曇野は、ここに出てくる阿曇氏が日本海から川（現在の呼称は姫川）をさかのぼって住み着いたところで、それゆえに安曇野と呼ばれる。その中心に鎮座する穂高神社（長野県安曇野市穂高）の祭神である穂高見神はウツシヒガナサクのことであると神社では伝えている。阿曇という海の民はたいそう広い活動圏のもとで活躍していた一族と考えることができる。

もう一方のツツノヲという神は、墨の江の三前（みまえ）の大神と呼ばれる神。墨の江は住江（すみのえ）のことで、大阪の住吉大社をいう。そこに祀られている三神がツツノヲと呼ばれる。津守（つもり）という一族が祀る住吉三神は、難波（なにわ）も含めて大阪湾の海の守り神であり、ヤマト王権にとってはもっとも重要な航海の神といえよう。

ツツの意味については異説があり、一つはツツは夕星（ゆうづつ）などというツツで、星の意味とする。夜は、星を目当てに航海するから海の民は星（ツツ）の神を祀るという解釈である。そしてもう一つは下のツは格助詞（〜の）とみて、上のツは津の意とみる解釈。つまり港を守る神がツツノヲ（津の男）で、その津守の神を津守という一族が祀っているというわけである。どちらが正しいかを決めるのはむずかしいが、日本の神話には星を祀る信仰があまり面に出てくることがなく、ツ（津）の男と考えたほうがいいとみるのが、最近では有力である。いずれにしても航海にかかわる神だ。

この住吉三神は天皇家の信仰が非常に強い。オキナガタラシヒメ（息長帯比売命）、のちの呼び名では神功皇后という女傑が朝鮮半島に攻め入ったという伝承が古事記や日本書紀のタラシナカツヒコ（帯中津日子命、仲哀天皇のこと）の条に語られている。その折、オキナガタラシヒメを守って朝鮮まで攻めていった守り神であり、新羅を攻めれば金銀の宝物があると言いだした神、それがこの住吉の神である。そのために、住吉大社にはツツノヲ三神とともにオキナガタラシヒメが祀られている。また、遣唐使の派遣に際しても、航海の安全を祈る神である。

第二章　アマテラスとスサノヲ

【イザナキの禊ぎとアマテラス・スサノヲのウケヒ】（系図4）

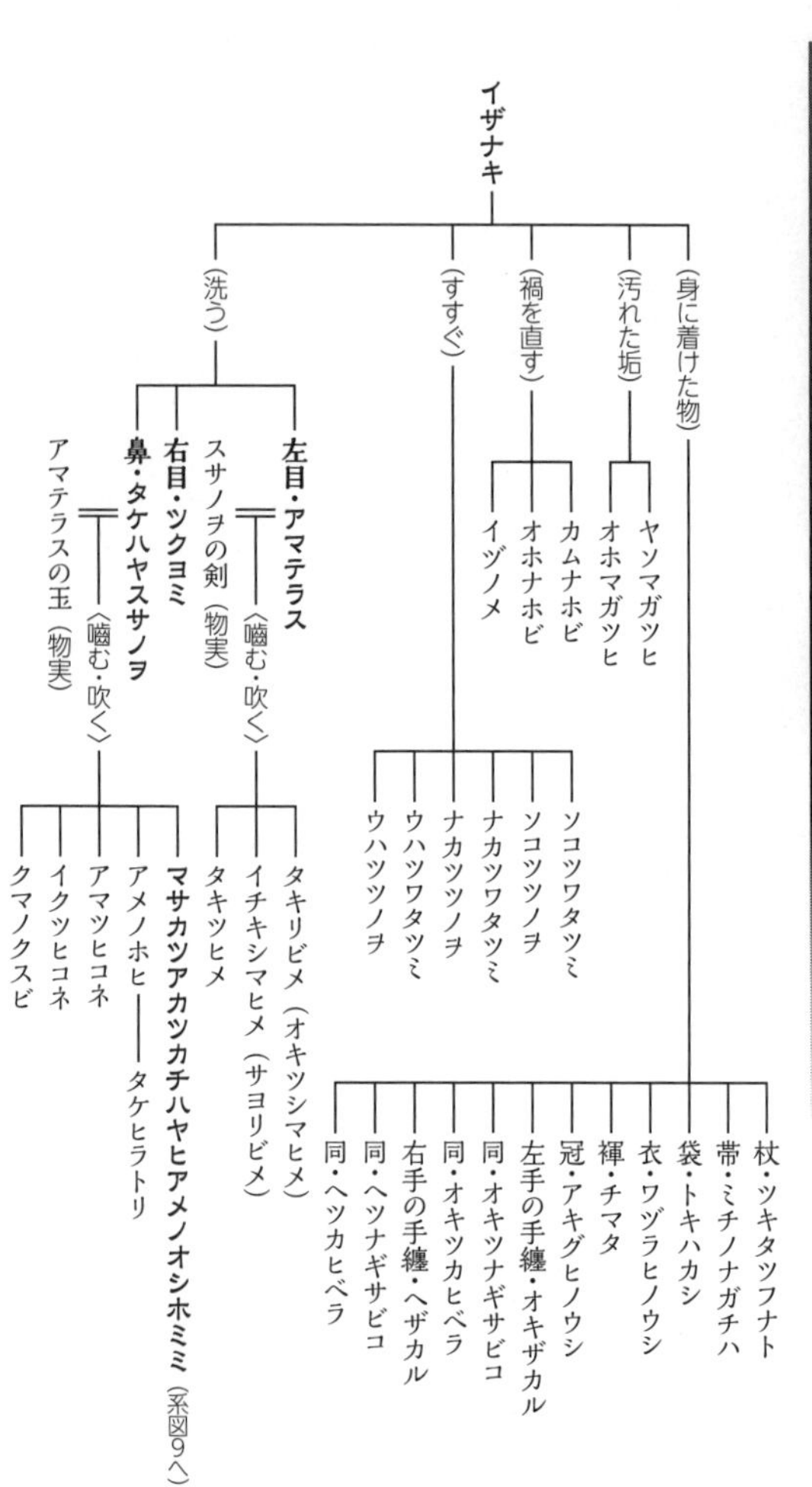

三貴子誕生

前章の最後のところで紹介したように、イザナキ（伊耶那岐命）は黄泉の国から逃げもどり、身に着けた物から十二柱の神が、心身に付いた穢れとその穢れを禊ぎによってすすぎ流すことによって十一柱の神が、あわせると二十三柱もの神が出現したのであった。そして、その果てにたいそう貴い三柱(みはしら)の神が生まれるのである。

さて、禊ぎの果てに、イザナキ（伊耶那岐命）が左の御目(みめ)を洗う時に成り出た神の名は、アマテラス（天照大御神）。つぎに、右の御目を洗う時に成り出た神の名は、ツクヨミ（月読命）。つぎに、御鼻(みはな)を洗う時に成り出た神の名は、タケハヤスサノヲ（建速須佐之男命）。

この三柱の貴い御子が生まれてイザナキは大喜びする。左目からアマテラス（天照大御神）、右目からツクヨミ（月読命）、鼻からタケハヤスサノヲ（建速須佐之男命）。ここではタケハヤスサノヲとなっているが、タケもハヤもほめ言葉で、たけだけしくすばやいことをいう。このあとの物語ではスサノヲと呼ばれることが多い。出てくるのはここがはじめてで、これが正式な呼称ということなのであろう。ツクヨミというのは、「月読」と表記される通り、月齢を数える（読む）神の意であろうとする。また、「月夜（つくよ）＋ミ（霊力）」（月夜は月そのものをいう）とする解釈もある。いずれにしても月の神格化である。

前章でもふれた通り、三という数字は土着的な聖数観念ではないところからみても、また神話の様式が対（一対二）の構造を基本とするというところからみても、この三神がセットになるのは新しいもので、もとは、「日」と「月」という対なる自然神の誕生がセットになっていたと考えられる。多くの民族で太陽と月はセットとして語られることがふつうだ。その場合、一方は昼を、一方は夜をつかさどるという、自然の運行を説明する神話になっている。ちなみに、日本書紀には、太陽と月が仲たがいして別れるという神話が語られているが（第五段第一一の一書）、古事記では、ここで日とともに生まれたツクヨミは、このあと一切姿を見せることはない。

本来、農耕民にとっては太陽よりも月のほうが大事だとされる。月は、農耕や出産、潮の干満など、さまざまな自然現象にかかわっている。それゆえに月は人びとの生活に深く結ばれていることが多い。神話のなかで、月が多くの民族で重んじられるのはそのためである。とくに農耕における月の力は大きいはずなのに、古事記で月の神の神話が語られないのはなぜかという点についてはしばしば議論となる。それに関しては、おそらく次のように考えるのがよい。

自然説明神話としては日と月の起源を語る神話が元にあったと考えられる。どの民族にもみられる比較的素朴な神話である。一方、古事記に語られている神話では、ある意味で政治的な、王権的な性格をもつアマテラスと、そのアマテラスに対立するスサノヲという対なる関係をもつ二神が組み合わされ、その二神が次に展開する高天の原神話の主人公となっていった。こういう場合、語られる神話というのは、三神をトライアングルのように配置して三神相互の関係を物語として語るというような手法をとるのは苦手で、一対一の構造を好むのである。そういうなかで、アマテラスとスサノヲとの関係が強調される古事記の神話では、ツクヨミが弾き出されてしまうしかなかった。

もともとはスサノヲのいない対の関係で自然の運行が説明される神話があった。ところが、古事記という大きな流れをもつ神話のなかに組み込まれることで、日と月の由来を説明するのではなく、アマテラスとスサノヲという新たな対立関係のなかで、勝利する天つ神（ヤマト王権）と敗北する国つ神（オホクニヌシ）という構造を枠組みとする神話へと展開していくために、ツクヨミが犠牲になったということである。

よく澄んだ目を鏡にたとえるのはわかりやすい比喩で、日と月が目から生まれるのは受け入れやすい。ところが、鼻からスサノヲが成り出るというのはいささかわかりにくい。このあと展開する神話のなかにみられるスサノヲの性格をみると、タケ・ハヤというほめ言葉がついていることからもわかるように、制御できない力をもつ神として描かれている。そこから考えると、スサノヲの暴風的な性格が鼻とスサノヲを結び付けることになったのではなかったか。おそらくスサノヲというのは、海のかなたから襲来する台風のような神なのだと思う。それは名前にもかかわるらしい。

スサノヲという名は、「スサ」の男の意だが、スサについては二様の解釈がある。一つは地名とみる解釈で、現在須佐神社が祀られている地、島根県出雲市佐田町須佐に由来するという。もう一つは、神の性格をあらわしており、「スサ」はススム（進）とかスサブ（荒）のススとかスサに通じる語で、あまりいい意味には使われず、制御不能な状態に突き進んでしまうことをいうとみる解釈である。ただ、古事記に出てくる神の場合、ローカルな地名を背負った神名はあまり例がないこともあり、後者の解釈がいいのではないかと思われる。それゆえに、鼻と結び付けられ、鼻息の荒さからの連想で時に暴風を起こすおそろしい混沌の力を秘めた神になっているのだと思う。それに対して、アマテラスやツクヨミが生まれた目は、秩序づけられた力を表すのにふさわしい器官だと言えようか。

太陽と月

アマテラスのアマはアメの転で、天空に照りかがやく意、そのアマテルに尊敬語「ス」を付けたのがアマテラスである。ほかの神がみとは違い、聞いただけで意味がわかる。こういうわかりやすい名をもつ神は基本的にいえば新しい。古い神ほど素性がわからなくなる傾向があるので、名前もわかりにくくなっていく。しかも、古事記では「大御神」という最大級の敬称を添えて呼ばれているところをみても、比較的新しい時代にこういう名前になったと考えたほうがいい。

日本書紀でも「天照大神」と敬称をもって呼ばれる神だが、一書などの別伝では、オホヒルメ（大日孁）と呼ばれている。オホは美称、ヒルメのルは「〜の」という意味の古い格助詞、メは女の意であり、日の女神あるいは日の妻という意味になる。もともと太陽神はヒルメと呼ばれていたものが、天皇家の祖先神になることによってアマテラス（天照大御神／天照大神）という名前に変わった可能性が大きい。その段階で、おそらく対になる神が、ツクヨミからスサノヲに変化したのである。

　ヒルメにしろアマテラスにしろ女神ということになるが、太陽神を男とするか女とするかは民族によって違う。世界の神話をみると、たいていの場合、太陽と月はペアになっている。太陽が男だったら月は女、あるいは逆に、太陽が女で月は男という組み合わせで語られていくことが多い。そして、傾向としては太陽を男神、月を女神とするほうが優勢かもしれないが、逆になっているところも少なくはない。なぜ、日本では太陽神が女性なのか、しばしば問題になるが、明確に論じるのはむずかしい。ただ、日本だけが太陽神を女神にしているわけではない。

　日本の神話でも、太陽神はもともと男だったかもしれないという考え方もある。ヒルメと対になる名前はヒルコで、太陽の子という意味。そのヒルコは、イザナキ、イザナミが最初に結ばれて生まれ、骨のない子だというので棄てられたわけだが、あの骨のない虫の蛭(ひる)、血を吸う蛭と解釈されるヒルコ（水蛭子）も、当てられた漢字を外して考えればまったく別の意味を帯びて、解釈は変わる。

　十世紀頃に津守氏によって書かれた氏文(うじぶみ)（氏族の由緒や功績を記した文書）『住吉大社神代記』には、日神を船に乗せて「大八嶋の天の下」に出したという神話が伝えられており、断片的な伝えで詳細はわからないが、太陽神が船で移動するという神話が語られていた可能性がある。太陽が船に乗って移動するという神話はほかの民族にもあり、太陽を運ぶ船という古層の神話が葦の船に乗せられて棄てられるヒルコの神話につながっているかもしれないという想像を可能にする。とすると、もとは太陽は男神であったが、ある段階で、その太陽神に仕え、太陽を祀る女（ヒルメ）にとってかわられ、ヒルメが太陽神そのものになったと考えることもできる。ただ、女か男かという前に、あらゆる神が男か女かに二分されていたのかということを考えてみる必要がありそうだ。

ちなみに、ツクヨミの性別について、神名のなかに性をあらわす語はない。ただ、アマテラスを女神とすると、その対になるのは男神だというのでツクヨミは男と理解するのである。ただし、日と月をともに女神として姉と妹と解することはできないかというと、それを完全に否定する根拠や理由はない。兄弟でも、姉妹でも、対立や葛藤を語る神話や昔話はさまざまに存在する。そもそも、「須佐之男命」と表記して男神であることを明確にするスサノヲは別にし、アマテラスという名にも性を明示する語はないのである。高天の原での振る舞いからみて女神であると読むことはできるが、それはスサノヲとの対立を抱え込んだからそうなったのだとみれば、自然神としての日の神や月の神に、性別がどうしても必要だったかどうか。本当はそのあたりから問題にしなければならないはずだが、そのようなかたちで論じられることはあまりないようだ。当然わたしも、そのような論を展開する知識を持ち合わせてはいない。

アマテラスの描かれ方

古事記のなかで、アマテラスはいくつかの場面に登場するが、それぞれの場面で描かれ方が違っている。シャーマン的な性格をもつ一方で、きわめて政治的な性格を発現するところもある。ちなみに、古事記の神話のなかでアマテラスが登場するのは、大きく分けると次の三つの場面である。

（1）イザナキによって貴い三神のうちの一神として生み成される場面。舞台は地上。

（2）スサノヲと対立し、アマテラスが石屋(いわや)にこもって世界が真っ暗闇になったので、神がみが相談してアマテラスを石屋から引き出そうとする場面。舞台は高天の原。

（3）オホクニヌシによって作られた地上の国を、自分の子孫が治めたほうがいいと言いだしたアマテラスが、使者を派遣してオホクニヌシをやっつけ、孫ニニギを地上に降ろす場面。アマテラスは高天の原にいて、指令をくだす。

このうち、(1)は誕生を語る部分であり、今ここで説明した以上に付け加えることはない。それに対して、(2)と(3)とではかなり描かれ方が違っており、一様な性格で存在しているとは言いにくい。(3)では、相棒となるタカミムスヒ(高御産巣日神、後半ではタカギ[高木神]と名を変える)と並んで出てきており、参謀役のタカミムスヒのほうが中心的なはたらきをしているようにみえる。その違いは以下の論述によって、おいおい明らかになっていくはずである。ちなみに、中巻の冒頭部分、初代天皇カムヤマトイハレビコ(神倭伊波礼毘古命、神武天皇のこと)が日向からヤマト(倭)へと遠征する場面にもタカギとともにアマテラスは登場するが、(3)と同じとみてよい。

イザナキの分治命令

さて、イザナキの禊ぎによって生み成された三柱の貴い神はどうなったか。古事記は、次のように語っている。

禊ぎの果てに、三柱の貴い神を生み成したイザナキは、いたく喜んで、「われは、子を生み生みて、生みの果てに三柱の貴い子を得たことよ」と言い、すぐさま、項に掛けた首飾りをはずし、その玉を貫いた緒をゆらゆらと取りゆらかしながら、アマテラスに向こうて、「そなたは、神がみの坐す高天の原を治めたまえ」と仰せになり、すべてのことを委ねて首飾りを授けられた。その首飾りの名を、ミクラタナ（御倉板挙之神）という。

つぎに、ツクヨミに仰せて、「そなたは、夜が召しあがる国を治めたまえ」と言うて、ことを任せられた。そしてまた、タケハヤスサノヲに仰せて、「そなたは、海原を治めたまえ」と言うて、ことを委ねられた。

イザナキの分治命令を受けるとアマテラスとツクヨミは言われた通りに高天の原と夜が支配する国を治めた。ところがスサノヲは、海原を支配するのは嫌だと言って泣き騒ぎ、父イザナキの命令に従わなかったために追放されるというかたちで物語は展開するのだが、先を急ぐ前に、必要な説明をしておく。

この場面で、三柱の神はイザナキから統治する世界を命じられた。アマテラスは天空に昇って高天の原を支配しなさいと命じられる。しかもその時、イザナキは自分の首に掛けていた首飾りを外して手に持ち、ゆらゆら揺らしながら高天の原を支配しなさいと言って与えたと語られている。ここからみて、イザナキは、三柱の子のなかでもアマテラスをもっとも貴い子として遇し、自らの力をアマテラスに託して首飾りを与えたと読める。それに対して、ツクヨミとスサノヲに対しては言葉だけが与えられる。

アマテラスが特別な神だというのは、こういうところにも表れている。しかも、与えられた首飾りはミクラタナ（御倉板挙之神）という名前まである。ミクラタナとは、神が祀られている「倉」のなかの棚に安置され祀られる神の意であろう。そのように特別に祀られる神がミクラタナであり、アマテラスはその首飾りによってイザナキの力を受け継ぎながら高天の原という神がみの世界にいまして、世界をかがやかす神になったのである。

そして、対になる月神ツクヨミは、アマテラスの治める明るい世界の反対、原文では「夜の食国（をす）」とされる夜の世界を支配するようにと命じられる。「をす」というのは、食べるの尊敬語で、夜が召しあがる国という意味になる。夜が召しあがるというのは、夜が支配している国ということで、夜そのものをさす。昼と夜との分離という自然説明神話のおもかげが、かすかにだが残っているとみることができるだろう。

その二神に対置してみると、スサノヲは弾き出されているのはよくわかる。それが「海原」を治めなさいという命令だった。スサノヲはそれを拒否して泣きわめくのである。

そこで、それぞれの神は父神の仰せのままにお治めになる中で、ハヤスサノヲだけは、おのれが委ねられた国を治めようとはせずに、あごひげが長く伸びて胸の前あたりまで垂れるほどになっても、いつまでも哭(な)きわめいていた。しかも、その泣くさまは、青々とした山は枯れ山のごとくに泣き枯らして、河や海の水はスサノヲの涙となってことごとくに泣き乾(ほ)してしまった。

このために、蠢(うごめ)き出した悪(あ)しき神がみの音(こえ)は、五月蠅(さばえ)のごとくに隅々にまで満ち溢れ、あらゆる物のわざわいが、ことごとくに起こり広がった。

あごひげが長く胸の前に伸びるまでというのは決まり文句で、「八束須(やつかひげ)胸の先に至るまで」という言い方は、ほかの伝承にも出てくる。八束須（須は鬚の省画）というのは、握りこぶし八つ分の長さに鬚が長く伸びるまでということで、長い期間をいう表現である。そのようにいつまでも泣きわめいたために、世界は無秩序な状態が続いた。青々とした山は涙で塩害が起こって枯れてしまう。河や海の水はスサノヲの涙の供給源になって全部吸い取られて干上がってしまう。そのようにひどいありさまになり、災いが蔓延し世界の秩序が破壊されてしまう。

イザナキは困り果て、「いかなるわけがあって、なんじは、われがことを委ねた海原を治めもせずに、哭きさわいでいるのか」と尋ねる。するとスサノヲは、「わたしは、妣の国である根の堅州の国に罷り行かんことを願っているのです」と答える。それ以外に理由はないという。

妣なる世界

イザナキは海原を治めるようにと命じた。それに対してスサノヲは、自分が行きたいのは「妣の国」であり「根の堅州の国」だという。おそらくこの二つの世界は同格と解すべきで、妣の国と根の堅州の国とは同じ世界をさしているとみなければ理解できない。そしてそこがどのような世界であるかということは、スサノヲ神話の全体とスサノヲの性格を理解しなければ捉えきれないのではないかと思う。

言葉の説明をすると、「妣」は、亡母を意味する漢字である。ちなみに、生きているハハは「母」で、死んだ父は「考」という。もし、ここの妣の国を漢字の意味する通りだとすると、スサノヲにとって「死んだ母」とは誰なのかという疑問にぶつかる。スサノヲはイザナキが鼻を洗ったときに生まれたのだから、母はいない。
一方、日本書紀では、黄泉の国の神話が正伝では語られていないので、アマテラスもスサノヲもツクヨミも、イザナキとイザナミの結婚によって生まれたことになっている。それだと、イザナミが死に、そのイザナミの許（もと）に行きたいのだということになり、理屈は通る。しかし、古事記のこの場面に、都合よく日本書紀の神話をもってきて説明することはできない。古事記には、スサノヲを生んだ母はいないのだというところから、思考を展開するべきなのである。

とすれば、ここに使われている妣を、死んでしまった実在の（生みの）母と考えるのは間違っているということになろう。しかも、その「妣の国」は根の堅州の国と呼ばれている。堅州は堅い砂の意で、堅い大地の国、堅い砂の国のこととするが（あるいは、片隅（かたすみ）の意味なのではないかとも）、カタスという語より、「根」のほうに本質的な意味は埋め込まれているように思う。その根の堅州の国は、オホナムヂ（大穴牟遅神）の冒険物語のなかにしっかりと語られる。すこし先取りして言えば、そこはスサノヲが領有する異界として語られる。いよいよわけがわからない。

スサノヲが泣きわめいて、妣の国である根の堅州の国に行きたいと言ったのに対して、イザナキはそれを許さず、ひどく怒って、「そうであるならば、なんじは、この国に住むことはならぬぞ」と言って、スサノヲを追放してしまうのである。しかし、あとを読んでいくと、スサノヲはちゃっかりと根の堅州の国を領有する神として娘とともに暮らしている。どのようにみても矛盾があり、理解を超えた展開だということになる。

あとの場面で改めて考えなければならないのだが、スサノヲはもともと根の堅州の国を領有する神だったのではないかとわたしは考えている。そこは、「根」の世界であり、根源の力を秘めた場所をいうのではないか。そして、それこそが「ハハ」の力を秘め隠した場所だとみれば、「妣の国、根の堅州の国」という言い方は、矛盾なく理解することができる。そこを死んだ母の国というのは、こちらから回帰する世界が根の堅州の国だからである。つまり血が直接つながった母、ほんとうの亡き母ではなくて、母系的な社会における祖神たちのあつまり住む世界として幻想された世界なのではないか、そのようにわたしは考えている。

この問題は、このあとの神話の展開のなかでより深く考察されなければならない課題として残しておきたいが、結局スサノヲは、父イザナキから「この国に住むな」と言われ、姉アマテラスに挨拶に行くといって高天の原に昇っていくことになる。ここから、舞台は天空の高天の原へと移り、姉と弟との対立葛藤譚が語られる。

高天の原に昇るスサノヲと待ち受けるアマテラス

父のもとから逐（や）らわれたスサノヲは、姉アマテラスに事情を話してお暇（いとま）をしようと言って、高天の原に昇る。そのときのスサノヲの様子を古事記は、「山や川はあまねく轟きわたり、国や地（つち）はことごとくに震（ゆ）れた」と語っている。

神話の舞台はいよいよ天空世界に浮かぶ高天の原に移るが、高天の原を領有するアマテラスは、やってくるスサノヲのさまを見て驚き恐れる。

するとアマテラスはその音を聞いて驚き恐れて、「わがいとしき弟の上りくるわけは、かならずや善い心からではないはずだ。わが国、この高天の原を奪おうと思っているに違いない」と言うたかと思うと、すぐさま頭（かしら）の頂きで結うていた女（め）の髪を解いて、みずらに編みあげて男の姿になり、その左のみずらにも右のみずらにも、頭にかぶったかずらにも、左の手にも右の手にも、それぞれに大きな勾玉（まがたま）の、五百箇（いほつ）もの勾玉の、緒（お）に貫いた玉を巻きつけて、その背には千入（ちの）りの矢筒を背負い、腹には五百（いほ）

入（の）りの矢筒を縛り付けて、また、その響きが仇（あた）をおびえさせる威（いつ）の高鞆（たかとも）を左の臂（ひじ）に巻き付けて、その手には弓腹（ゆばら）を握りしめ振り立てて、左の足は堅い土を踏みしめ、その力のあまりにズブズブと太股までめり込ませて、その土を、めり込んだ左足で沫雪（あわゆき）のごとくに蹴散（けち）らかして、おそろしい雄叫びをあげ、踏み叫（たけ）びながら待ち受けたかと思うと、「いかなるわけにて、上りきたるや」と、なじり問うた。

姉アマテラスは、スサノヲに対する疑いを消せない。その、弟への疑惑が両者の対立を生み、それがこの物語の根幹を構成している。

スサノヲが昇ってくるさまを見て、アマテラスは、「女（め）の髪を解」き、「みずら」に結ったとあるが、これが、アマテラスが女性であることを示す唯一の表現である。みずらというのは成人男子の髪型で、真ん中で左右に分けて、両耳のところで束ねて、紐で結んだり、櫛を挿したりする。埴輪（はにわ）の男子像にも見られるが、古代では年齢によって決まった髪型があり、成人の男子はみずらと決まっていた。そのために、アマテラスは女神だと確定できるのである。スサノヲは男なので、姉と弟という対立の中で、この物語は展開していくと考えて間違いない。

その昇ってくる様子が、あまりにも恐ろしいさまだったので、アマテラスは「自分のところへ来るのは、自分の国を奪おうとしているのだ」と考え、頭の上で束ねている髪を解いて、男（みずら）になり、その左右のみずらにも、頭にかぶったかずらにも勾玉を巻き付けて、大きな勾玉を五百個も付けた首飾りを首にかけ、千本入りの矢筒を背中に背負い、お腹のほうには、五百本入りの矢筒を付けて迎え撃とうとする。

威（いつ）の高鞆の鞆は、弓を射る時に左肘を守る道具で、威力のすごさを示して相手を威嚇するために高い音を立てるようにしてあるので高鞆という。イツは威力のあることをほめる語。それを肘に巻いて、弓の真ん中あたりを握りしめ、左の足を高天の原の大地に踏みしめる。すると、力のあまりに、ずぶずぶずぶっと、硬い地面に足がめり込んでしまう。それほど力を込めてめり込ませて、そのめり込んだ足で土を払いのけ、硬い大地を蹴散らしながら歩く。歌舞伎役者が見得を切る所作を思い出せばよい。そして、雄叫びをあげて、弓を構えて待ち受ける。戦闘態勢に入って、スサノヲを待ち受けるのである。

「我がいとしい弟が上ってくるのは、善い心からではないだろう」というのは、「スサノヲが上ってくるさまが、山や川があまねく轟きわたり、国や地はことごとくに震れた」という、まるで地震のような、あるいは、暴風雨のような様子から出ている。先に、スサノヲの名のスサに、「荒れすさぶ」という意味が込められていると説明した通り、まさに暴風雨の神が高天の原に昇っていく姿を髣髴とさせる。

姉アマテラスの問いを受けて、スサノヲはこのように答えた。

> わたしには邪な心などありません。ただ、父上、イザナキの大御神のお言葉がくだり、わたしが哭くさまをお尋ねになるがゆえに、「わたしは、妣の国である根の堅州の国に行かんことを願って哭いているのです」と申し上げた。すると大御神が仰せになるには、「そなたはこの国に住むことはならぬぞ」と言い、わたしを神逐らいに逐らわれた。それゆえに、罷り行かんさまを申しあげようと参り上りきたのです。異心はありません。

高天の原に昇ってきた理由を尋ねられたスサノヲは、邪な心などもっていない、妣のところへ行きたいと言ったら父に放り出されたので、挨拶に来ただけだと答える。ところが、それを信じないアマテラスは、「しからば、そなたの心の清く明きは、いかにして知ることができるか」とスサノヲに呼びかける。「邪な心（邪心）」がないというのなら、「心の晴明さ（心之清明）」を証明してみせよと迫るのだ。するとスサノヲは、「おのおの、宇気比(うけひ)て子を生みましょう（各、宇気比而生子）」と答えたのである。

宇気比

この部分、原文には「宇気比而生子」とあり、「ウケヒて子生まむ」と訓読されている。宇気比に「而（～しての意）」という接続辞がついているので活用語として用いられていることがわかるが、ウケヒは、動詞「ウク（請く／受く）」に継続の意をもつ補助動詞「フ」が付いたウケフの連用形ウケヒが名詞化した語である。意味は、「神の意思をうける」ことをいう。何かをしようとする前に神にその判断を仰ぐ、その一つの方法がウケヒである。

要するに占いの一種といえばよいのだが、ウケヒの場合は、結果が五分五分になると思われる行為を選択し、その結果によって神の意思を知ることをいう。たとえば、サッカーやテニスの試合の前に先攻か後攻かを決めるために行われるコイントス、あれが古代的にいえばウケヒである。ここでは、スサノヲが「ウケヒて子生まむ」と言い、その結果が五分五分ということを考慮すれば、男の子が生まれるか、女の子が生まれるかによって、スサノヲの心の晴明さを明らかにしようと提案しているということがわかる。

そこでアマテラスとスサノヲとは、それぞれ、天の安の河をあいだに挟んでウケヒをすることになったが、その時に、アマテラスが、まず、タケハヤスサノヲの佩いていた十拳の剣を乞い取って、それを三つに打ち折り、玉の音も軽やかに、ユラユラと天の真名井に振りすすいで、それを口の中に入れたかと思うと、バリバリと嚙みに嚙んで、息吹のごとくに吹き出した狭霧とともに成り出た神の名は、タキリビメ（多紀理毘売命）、またの名はオキツシマヒメ（奥津島比売命）。つぎに、イチキシマヒメ（市寸島比売命）、またの名はサヨリビメ（狭依毘売命）。つぎに、タキツヒメ（多岐都比売命）。まず、この三柱の女の神が吹き成された。（三柱）

つづいて、ウケヒに立ったタケハヤスサノヲは、アマテラスが左のみずらに巻いた八尺の勾玉の、五百箇ものみすまるの玉を乞い取って、玉の音も軽やかに、ユラユラと天の真名井に振りすすいで、それを口の中に入れたかと思うと、バリバリと嚙みに嚙んで、息吹のごとくに吹き出した狭霧とともに成り出た神の名は、マサカツアカツカチハヤヒアメノオシホミミ（正勝吾勝々速日天之忍穂耳命）。また、右のみずらに巻いた玉を乞い取って、それを口の中に入れたかと思うと、バリバリと嚙みに嚙んで、息吹のごとくに吹き出した狭霧とともに成りでた神の名は、アメノホヒ（天之菩卑能命）。また、かずらに巻いた玉を乞い取って、それを口の中に入れたかと思うと、バリバリと嚙みに嚙んで、息吹のごとくに吹き出した狭霧とともに成りでた神の名は、アマツヒコネ（天津日子根命）。また、左の手に巻いた玉を乞い取って、それを口の中に入れたかと思うと、バリバリと嚙みに嚙んで、息吹のごとくに吹き出した狭霧とともに成りでた神の名は、イクツヒコネ（活津日子根命）。また、右の手に巻いた玉を乞い取って、それを口の中に入れたかと思うと、バリバリと嚙みに嚙んで、息吹のごとくに吹き出した狭霧とともに成りでた神の名は、クマノクスビ（熊野久須毘命）。（幷せて五柱）

スサノヲがアマテラスの玉を嚙んで、五柱の男の子を吹き出したという場面は、一番最初だけは少し詳しいが、五回の子生みが、まったく同じかたちで繰り返される。ところが、前半でアマテラスがスサノヲの剣を嚙んで三柱の女の子を吹き出す部分は、三人まとめて吹き出している。前半が後半に比べて簡略で、後半のほうが重んじられていることがわかる。それは、生まれた子の帰属ということとかかわっているだろう。

アマテラスとスサノヲは、天の安の河、高天の原にはきれいな川が流れており河原があるのだが、その河をあいだに挟んで、子を生むのである。そしてはじめに、スサノヲが佩いていた剣をアマテラスが乞い取って三つに折る。それを「奴那登母母由良迩（ヌは石の玉のことで、玉の音もゆらにの意）」水のなかですすぐと石玉がふれ合ってかすかな音を立てる。

そのようにかすかな音をユラユラとたてながら、高天の原にある神聖な泉（天の真名井）でふりすすいで、それを口の中に入れるとバリバリと噛んで、霧吹きのように口から吹き出す。剣を三つに折ってすすいだのに「ヌナト（玉の音）」と表現するのは、この句が決まり文句で、剣でも玉でも同じように使われるということを示している。そして、その霧とともに吹き出されたなかから生まれたのが、タキリビメ以下の三女神であった。

続いてウケヒに立ったタケハヤスサノヲは、同じようにアマテラスの玉を噛んで吹き出し五柱の男神が生まれる。その、左右のみずらに巻いた玉、かずら（頭のかぶりもの）に巻いた玉、左右の腕に巻いた玉を、一回ずつすすいで噛んで吹き出す。そのように同じことをくり返しながら神を生む。ここには典型的な音声による語りのさまが巧みに表現されている。その中心部分の表現を一か所抜き出し、原文を訓み下すかたちで引用すると、次のようになる（スサノヲが吹き出す最初の部分）。

ハヤスサノヲの命は、アマテラス大御神の左の御みづらに纏かせる八尺の勾玉の五百箇のみすまるの珠を乞ひ取りて、ぬなとももゆらに天の真名井に振り滌ぎて、さがみにかみて吹き棄つる気吹きの狭霧に成れる神の御名は、マサカツアカツカチハヤヒアメノオシホミミの命。（速須佐之男命、乞取天照大御神所纏左御美豆良、八尺勾璁之五百津之美須麻流珠而、奴那登母母由良迩、振滌天之真名井而、佐賀美邇迦美而、於吹棄気吹之狭霧所成神御名、正勝吾勝々速日天之忍穂耳命。）

噛むというのはとても大事な行為で、口に入れた物体を唾と一緒に混ぜ合わせて吹き出すということに特別な意味があったと考えられる。口のなかで唾液と混ぜて吹き出すというのは、ずっとうしろのホヲリ（火遠理命）のワタツミ（綿津見神）の宮訪問神話にもみられ（ホヲリが首飾りの玉を口に含んで器に吹き出すと、底に付いて取れなくなる）、それが呪力を込める行為だということがわかる。

次々に五柱の男神が吹き成されるのだが、その最初の子マサカツアカツカチハヤヒアメノオシホミミ（正勝吾勝々速日天之忍穂耳命）がアマテラスの長子として、天皇家の直系につながっていく。その長い名の意味だが、「ほんとうに勝った（マサカツ）わたしが勝った（アカツ）、勝つ勢いのある（カチハヤヒ）天（アメ）のオシホ（おしなびかせる稲穂）ミミ（神をいう接尾辞）」とでも訳すことができようか。この名は、このあとに展開する心の清濁の判定ともかかわっている。

また、二人目として生まれたアメノホヒ（天之菩卑能命）だが、その息子タケヒラトリ（建比良鳥命）の子孫が、出雲国造（いずものくにのみやつこ）と呼ばれる、出雲を支配し出雲の神を祀る一族につながっていく。現在も出雲大社の宮司を世襲的に勤める千家（せんげ）家の祖先ということになる。ちなみに、出雲国造家は南北朝時代に千家家と北島家に分かれ、両家が交互に国造（宮司）を継いでいたが、明治以降は千家家だけが出雲大社の祭祀を司ることになった。

それぞれが子を生み終えるとすぐに、アマテラスはスサノヲに向かって、「この、後に生まれた五柱の男の子は、その物実（ものざね）がわが物によりて成れり。それゆえに、おのずからにわが子なり。また、先に生まれた三柱の女の子は、物実がそなたの物によりて成れり。ゆえに、その持ち主のままにそなたの子なり」と、「それぞれの子の親を詔（の）り別（わ）けた」のである。「物実」というのはモノのいちばん中核になる部分のことで、サネはタネと同じ。

そのサネの所有者が、子の親になるのだとアマテラスは言う。口の中に入れて吹き出した、つまり母胎のほうにではなく、口のなかに受け入れたサネ（物実）の所有者に、子は帰属する、そういうことになろう。

生まれた子のうち、三柱の女神は「胸形君らが敬い祀る三前の大神」として、タキリビメは胸形の奥津宮に、イチキシマヒメは胸形の中津宮に、タキツヒメは胸形の辺津宮に祭られた。この伝えは、日本書紀や宗像大社の伝えとは違っている（別表参照）。

いわゆる宗像三神と呼ばれる航海をつかさどる女神である。この宗像（胸形）の神を祀るのは宗像氏で、かれらは玄界灘を中心とした日本海の航海や漁撈を生業とする海の民の一族であり、朝鮮などとの交流や交易に大きな役割を担っていた。その辺津宮は九州本土（福岡県宗像市田島）にあり、その北の神湊から数キロ沖合に浮かぶ大島に中津宮が、そこから北に五十キロほど先にある孤島・沖ノ島に沖津宮が鎮座する。二〇一七年に世界遺産に指定されて一躍脚光を浴びることになったが、沖ノ島は長年にわたる発掘調査によって見つかった莫大な遺物のうち八万点が国宝に指定され、海の正倉院と呼ばれている。

五柱の男の子については、そのうちの、アメノホヒの子タケヒラトリが出雲国造の祖になったことは述べたが、この神はほかにも武蔵国造など地方豪族六氏の祖になったと古事記は記す。また、三番目に吹き成されたアマツヒコネは、凡川内（おおしこうちの）国造ら十二の豪族の祖となったとされ、こちらはヤマト（倭）近辺の豪族が並んでいる。このようなかたちで、神話は、現在（語られている時点）の秩序と取り結ぶかたちで語られることが多く、そこに神話を語る役割の一端が窺えるのである。今の根拠が、遠い世の始まりの時に結び付けられることによって、現在の秩序は保証されるという構造である。

日本書紀の場合

この神話は、日本書紀にもほぼ同様に伝えられている。日本書紀の場合は、神話全体を十一段に区切り、段ごとに正伝に続いて「一書曰、……」というかたちで複数の異伝（一

	沖津宮	中津宮	辺津宮
古事記（本名）	多紀理毘売命	市寸島比売命	多岐都比売命
日本書紀六段正伝	田心姫	湍津姫	市杵嶋姫
宗像大社　祭神	田心姫神	湍津姫神	市杵島姫神

書）を並記するので、この場面（第六段）も、正伝のほかに三本の一書を並べている。それら日本書紀の伝えと古事記とを比較すると、いろいろな相違が明らかになって興味深い。正伝でいうと、一か所、古事記とは大きく違うところがある。それは、ウケヒによって子を生む前に、前提が示されているという点である。

ウケヒというのは、前にもふれたように、二つの結果を想定して何かを行い、その結果によって神の意思を知ろうとする占いであるが、その場合に重要なことは、予想される二つの結果がどのような神意を示そうとしているかという判断を事前に確認しておく必要があるということである。そうでないと、出た結果から神の心を知ることはできない。つまり、生まれる子で神意を知ろうとする場合、男が生まれたら神の意思はこうで、女が生まれたら神の意思はこうであるという確認がなされなければならないということだ。そうでなければウケヒは成り立たない。そして、古事記にはそれが示されていなかった。

ところが、日本書紀の正伝をみると、邪心のないことをどのようにして明らかにするのだとアマテラス（天照大神）に問われたスサノヲ（素戔嗚尊）は、次のように答えている。

お願いすることには、姉とともに誓（うけ）いをいたしましょう。そして、誓約（うけい）のさなかに子を生みます。もし、わたしの生むであろう子が女ならば、濁い心があると思ってください。もしこれが男ならば、清い心があると思ってください。（第六段正伝）

そのように述べた上で、アマテラスとスサノヲは子を吹き成したと日本書紀では語っている。そこでスサノヲが吹き成した子は五柱で、生まれた子の性別や物実の所有によって子の所属を決定するアマテラスによる「詔り別け」も古事記と同じかたちになっている。したがって、ウケヒによって示された神の判断は、スサノヲには濁心（邪心）があるということになる。ウケヒに勝ち負けという言い方を持ち込むのにはためらいもあるが、古事記の表現に従えば、日本書紀に語られるスサノヲはウケヒに負けたのだ。

一方、古事記の場合は、そのようにすっきりとは読めない。何しろ、ウケヒの前提が示されていないので、勝ち負け、あるいはスサノヲの心の清濁についての判断が不可能だからである。ところが、古事記では、ウケヒを終えたスサノヲは、次のように宣言する。

「わが心は清く明し。それゆえに、わたしは手弱女を生み成すことができた。これによりて申せば、おのずからにわたしが勝ったのだ（我心清明。故、我所生子得手弱女。

因此言者、自我勝）」と、そう言うとスサノヲは、勝ちにまかせてアマテラスが営んでいた田の畔（あぜ）を壊し、その溝を埋め、また、アマテラスが大嘗（おおにえ）を召し上がる殿に入って糞（くそ）をし、それを撒（ま）き散らした。

「われ勝ちぬ」と古事記にはある。なぜなら、わたしは手弱女を生んだからだという、そのタワヤメとは「たわむ（しなう）女」という意味で、女性の美しさをほめる表現。しかし、古事記には生む前の前提がないので、スサノヲの一方的な宣言には説得力がない。まるで、負けた腹癒せに勝ったといって乱暴をはたらいているように読めてしまう。しかも、スサノヲがしでかした乱暴が、田の畦を壊し溝を埋めたり、大事な神殿に糞をまき散らしたり、という幼児的な振る舞いであるために、よけいに負けた悔しさを晴らそうとして悪さをする幼児のように見えてしまうのである。

　また、日本書紀正伝はもちろん古事記においても、イザナキとイザナミの国生み神話がそうであったように、男尊女卑の観念が背後にあると読めるので、この場面で、女を生んだら清い心があるという前提を置くことは考えにくい。日本書紀がそうであるように、男を生んだほうが清い心をもっているのでウケヒに勝つという展開のほうが認めやすい。しかも、最初に生まれた男子のほうに、「かつ（勝）」という名が付けられているところからみても（「勝つ」という語が三回も）、男が生まれたら勝ちという判定は動きそうもないのである。

ちなみに、日本書紀には、先に紹介した正伝のほかに三つの異伝を一書としてならべているが、そのうちの第一の一書の場合は、次のようなかたちで展開する。

①スサノヲの心が「明浄」なら男を生むだろうと決めてウケヒをする。
②日神（ひのかみ）は、自分の身につけた剣を嚙み、三柱の女神を生む。
③スサノヲは、首にまいた珠を嚙み、五柱の男神を生む。
④スサノヲがウケヒに勝つ。
⑤日神は、自分の生んだ女神を筑紫に降した。

また、第三の一書の場合も、よく似た展開をとる（第二の一書は断片的なので省略）。

①日神は、スサノヲに反逆心がないなら男を生み、男を生んだら自分の子として、天の原を支配させようと決めてウケヒをする。
②日神は、身につけた剣を嚙んで、三柱の女神を生む。
③スサノヲは、身につけた珠で、六柱の男神を生む。

④日神は、スサノヲの「赤心（明浄）」を知り、六柱の男神を自分の子として天の原を支配させた。

⑤日神は、自分の生んだ女神を地上の宇佐（うさ）の島に降した。

この二つの一書の展開をみると、品物を交換しないままに自分の持ち物を自分で嚙んで吹き出している。そのために、詔り別けなどという厄介な部分が介在しないままに、日神が生んだ女の子は日神の子、スサノヲが生んだ男の子はスサノヲの子、というかたちになっている。しかも、二つの一書はどちらも、スサノヲは男子を生んだのだからウケヒに勝利し、晴明な心をもっていることが証明されたのである。

その流れで行くと、日本書紀正伝の場合の展開は、

①女を生んだら濁心があり、男を生めば清心ありと決めてウケヒをして子を生む。

②アマテラスはスサノヲの剣を嚙み、吹き出して三柱の女神を生む。

③スサノヲはアマテラスの玉を嚙み、吹き出して五柱の男神を生む。

④アマテラスが、物実の所有者により男神は自分の子で女神はスサノヲの子であると詔り別ける。

⑤男神はアマテラスの子として天上で養われ、女神は筑紫の胸肩（むなかた）の君等が祀る。

というかたちになる。ここでは、スサノヲはウケヒに負けたという結果になってしまう。アマテラスによる「詔り別け」が介入したために、判定が逆転してしまうのである。ただし、このような言い方をしたからといって、一書のほうが古い伝えかどうかはわからない。ただ言えることは、国家の正史となるべき日本書紀の正伝が選択したのは、アマテラスの「勝ち」という結果であったというふうに読めるのである。別の言い方をすれば、アマテラスを勝たせるために、あるいは生まれた男神をアマテラスの子にするために、詔り別けは必要だったのではないかと考えられるということである。

当然、古事記の場合も、男を生めば勝ちという前提があれば、詔り別けがある以上、男子はアマテラスの子になるために、スサノヲはウケヒに負けたということになる。しかし、古事記には前提がない。そこから考えると、本来なら生じてしまう結果を回避しようとして、前提を語らないという展開を選んだのではないか。その理由は、古事記では、スサノヲがウケヒに勝ったとも負けたとも判定できないようにしたかったからだと思う。少なくとも、負けたとはしたくなかったのだ。

アマテラスの石屋ごもり

ウケヒの前提がないゆえに、古事記では、スサノヲによる「我、勝ちぬ」という宣言も、「勝ちにまかせて」高天の原で大騒ぎすることも可能になったのである。この「勝ちにまかせて」の部分、原文では「勝佐備(かちさび)」とある。音仮名になっているサブという動詞は、「〜らしく振る舞う」「〜らしくなる」という意味で用いられることばだ。つまり、「勝ちさぶ」とは「勝者らしく振る舞う」という意味になる。その勝者らしさとは、ほんとうの勝者とも、勝者ではないのに勝者のようにとも読める。それが「勝ちさび」という行為だと説明すると、そこにも古事記の表現のあいまいさ、あるいは微妙さが潜んでいると言えるのではないか。

その行為を目にしたアマテラスは、「糞をしたのは、祭りの酒に喜び酔うて吐き散らすのだと、わが愛(いと)しき弟は、かくのごとき振る舞いをしたのでしょう。また、田の畔を壊し、溝を埋めたのは、稲を植えるところが狭くなって惜しいというので、わが愛しき弟はそんな振る舞いをしたのでしょう」と言って、スサノヲの行為をかばおうとする。ところがスサノヲの行為はますますエスカレートし、悪さは留まるところを知らない。

アマテラスが忌服屋にいて、機織り女たちに神御衣を織らせていた時、スサノヲは、その服屋の頂に穴を空け、天の斑馬を逆剝ぎに剝いだ、その斑ら馬の皮を穴から堕とし入れた。すると、布を織っていた天の機織り女のひとりが、その皮を頭からかぶってしまい、驚いて機から転げ堕ち、手にした梭でおのれの富登を衝いて死んだ。ここにアマテラスは、そのさまを見て畏れ、天の石屋の戸を閉ざして籠もってしまわれた。

アマテラスは石屋に籠もり、高天の原も地上も真っ暗闇になってしまうのである。梭は、機織り機の横糸を通す道具、その梭で富登（秀処、すばらしいところの意で女陰）を衝くというのは、性的な交わりの比喩と読んでいいだろう。ここでは、機織り女が馬の皮をかぶって（馬と交わって）死ぬのだが、もとには、太陽神自身が富登を衝いて死ぬという神話があったのかもしれない。

このようなかたちで女神が死んでアマテラスは石屋に籠る。その結果、世界は真っ暗闇になるが、それはまさに、アマテラスの死、つまり太陽の死を意味している。それが高天の原の神がみによる祭りによって再生する。死と再生というのは、神話にはしばしばみられる様式で、いったん死に、そこから新しいものが生まれてくる。
では、アマテラスの再生は、どのようになされるか。それが有名な、天の石屋の神話であり、アメノウズメ（天宇受売命）による神がかりである。さて、どう読むか。いささか長いが、途中で切ることができないので、アマテラスが石屋に籠もったあと、ウズメの神がかりの場面まで一気に読んでみる。

　ここに、高天の原は隅々まで真っ暗闇になり、葦原の中つ国もことごとく闇に覆われた。そのために、上の国も下の国も、常夜が続くことになった。それとともに、すべての悪しき神がみの音は、五月蠅のごとくに隅々まで満ち溢れ、あらゆる恐ろしい物のわざわいがことごとくに起こり広がった。

　ここに八百万の神がみは、天の安の河の河原に集まり集うて、タカミムスヒ（高御産巣日神）の子のオモヒカネ（思金神）に、どうすればよいかを思わしめ、常世の長鳴鳥を集め鳴かせて、天の安の河の河上にある天の堅石を取ってきて、天の金山の真金も取ってきて、鍛人のアマツマラ（天津麻羅）を探してきて、イシコリドメ（伊斯許理度売命）に言いつけて鏡を作らせ、タマノオヤ（玉祖命）に言いつけて、八尺の勾玉の五百箇のみすまるの玉飾りを作らせて、アメノコヤネ（天児屋命）とフトダマ（布刀玉命）とを呼び出して、天の香山に棲む大きな男鹿の肩骨を抜き取って、天の香山に生える天のハハカを取ってきて、男鹿の肩骨をハハカの火で焼いて占わせたうえで、天の香山に生えている大きなマサカキを根つきのままにこじ抜いて、その上の枝には八尺の勾玉の五百箇のみすまるの玉を取りつけて、中の枝には八尺の鏡を取り掛けて、下の枝には、白和幣と青和幣とを取り垂らして、このいろいろな物を付けた根付きマサカキは、フトダマが太御幣として手に捧げ持って、アメノコヤネが太詔戸言を言寿ぎ唱えあげて、アメノタヂカラヲ（天手力男神）が天の石屋の戸の脇に隠れ立ちて、アメノウズメ（天宇受売命）が、天の香山に生えたヒカゲカズラを襷にして、天のマサキカズラをかずらにして頭に巻いて、天の香山の小竹の葉を束ねて手草として、天の石屋の戸の前に桶を伏せて、その上に立って足を踏んで轟かしながら神懸かりして、二つの乳房を掻き出して、解いた裳の緒を、秀処におし垂れた。

天の石屋にアマテラスが籠もるのは、日食ではないかとか、一日の昼と夜の運行を表すのではないかなど解釈は分かれるが、自然の運行のなかでの太陽の死と再生ということから考えれば、北半球の人びとにとっては、冬至というのがいちばんわかりやすいのではないか。太陽の勢いが徐々に弱まり、日照時間が短くなって太陽が衰える、人びとがそう考えるのが冬至であった。そこで人びとは、太陽を蘇らせようとしてさまざまな儀礼を行う。その冬至の儀礼によって、太陽は生き返ってくる。そのように考えるのが、この神話の背景としてはいちばんわかりやすい。

冬至の儀礼

古代日本列島において冬至の季節に行われる儀礼の中核に位置するのは「鎮魂祭」である。鎮魂というと荒ぶる魂を鎮めるというふうに思い込んでしまうが、鎮魂祭と呼ばれる儀礼は、ことば通りに魂の鎮めという側面とともに、一方で、魂の活性化、つまり魂振り（たまふり）ということばに見られるような、魂を揺り動かし元気づけるという側面をもつ。そして、冬至の季節に行われる鎮魂祭には、後者の側面がつよく現れている。まさに、衰亡した太陽を活性化させるのが鎮魂祭だということになる。

律令制度下において朝廷の儀礼として行われる鎮魂祭は、旧暦十一月の中の寅の日（その月のうちの二度目の寅の日）と決められているが、現在のグレゴリオ暦に換算すると十二月下旬に相当し、ほぼ冬至に対応する。その鎮魂祭と連動して行われるのが、鎮魂祭の翌日（中の卯の日）に行われる新嘗祭である（この日が十三日に当たる年は、前日の鎮魂祭は最初の寅の日となる）。新嘗祭は収穫感謝祭であるとともに、来たるべき実りを祈る祭りである。しかも、多くの民族において冬至に行われる儀礼というのは、生命（魂）の活性をうながすという点で喧騒をともなうことが多い。その雰囲気が、高天の原における石屋神話にはよく現れているようにみえる。

もちろん、ここで語られている神話が祭祀そのものを描いているというのではない。鎮魂祭的な喧騒を踏まえて、どたばた喜劇のようなかたちで神がみの祭りが仕組まれ、それにアマテラスがまんまとだまされてしまうというお話になっているのである。知らぬはアマテラスばかりなり、だ。

きちんと確認したいのだが、ここで行われているのは祭りというよりは祭りに見せかけた芝居であり、その芝居の脚本を書き、演出しているのがオモヒカネという神なのである。タカミムスヒ（高御産巣日神）の子とされるオモヒカネ（思金神）の語義は、思い（思慮）を兼ね備えた神の意で、知恵の神である。日本神話に出てくる神たちのなかで、このような抽象的な神格をもつ神はめずらしいのだが、その知恵の神が、石屋に隠れたアマテラスを引き出す方法を思案し、居並ぶ神がみにそれぞれの役割を与えて、演じさせるのである。それが先に引用した部分だ。

まず、常世(とこよ)の長鳴鳥、常世は永遠のユートピアが続く明るい世界、長鳴鳥はそこに住んでいる鳥でニワトリのこと。そのニワトリが鳴くというのは、いつもどこの世界でも夜明けを表している。一番鶏が鳴いて夜明けを告げると、鬼は退散する。そのように、まずはニワトリを鳴かせて「朝」が来たことを知らせる。そのうえで、祭りの準備が始まる。

高天の原を流れる川の上流から堅い石を、鍛冶師が鉄を鍛える時に使う金床(かなどこ)として持ってきて、山からとってきた鉄(砂鉄であろう)を使って、アマツマラ(天津麻羅)とイシコリドメ(伊斯許理度売命)に鏡を造らせる。この場面をみると、この神話の性格がもっともよく出ていると思うのである。

鍛冶師のアマツマラは聖なる男根という名をもっており、その相槌となるイシコリドメは「イシ(石のごとくに)コリ(凝り固める)ド(〜の)メ(女)」の意をもつ女神で、何を固めるかというと、アマツマラである。もちろん、アマツマラのマラを固くすることで鉄も固くなるわけで、この描写のもつ猥雑さと汗が飛び散る鍛冶場の迫力を思い浮かべると、なかなかに楽しく、いささかの卑猥さを感じさせる場面であることがわかるだろう。そして、そうしたエロチシズムが冬至における活性化には欠かせないために、ウズメの神がかりも必要なのである。イシコリドメというのは、作鏡（かがみつくり）という一族の祖先神である。老婆とみなされたりするが、それではアマツマラは元気にならない。

次の過程では、勾玉などを作る玉作（たまつくり）の一族の祖タマノオヤ（玉祖命）に言いつけて、立派な玉を作らせた。そして次には、アメノコヤネ（天児屋命）とフトダマ（布刀玉命）が、天の香山に住む大きな男鹿の肩の骨を抜き取って、天の香山に生えていた天のハハカ（カニワザクラという桜の一種）の皮を剝いで燃やし、鹿の肩骨を焼いて占いをする。これが太占（ふとまに）という占いで、宮中に限らず、日本列島のなかで頻繁に行われる伝統的な占いだが、そのようにして祭りが成功するかどうか、神の意思を聞くのである。

アメノコヤネという神は、天皇家の宮中の祭りをすべて取り仕切る中臣（なかとみ）氏という一族の祖先神である。中臣とは、「中つ臣（おみ）」の意で、神と人とのあいだを取り持つことから名付けられている。つまりシャーマンということになる。この中臣という一族は、のちの鎌子（鎌足）の時代に藤原という氏姓を天皇から賜り、中臣氏は宮廷祭祀を、藤原氏が政治を司ることになるが、もとは天皇家の祭祀を司る集団であった。一方のフトダマも宮中の祭祀を司る忌部（いんべ）（のちに斎部）という祭祀氏族の祖であるが、中臣氏の勢力が大きくなるに従って、宮中祭祀からどんどん追いやられてしまうことになった。

鏡を知らないアマテラス

そのアメノコヤネとフトダマが、天の香山に生えていたサカキ（榊）の木（神への捧げ物を付けて神に供えられる聖なる木）を根つきのまま持ってきて、神がみが造った玉と鏡を掛け、下の枝には白和幣（しろにきて）（コウゾを曝（さら）して作った糸）、青和幣（アサで作った糸）を掛ける。いずれも神が喜ぶ品々である。まるでクリスマスツリーのように飾った神への捧げ物を準備してフトダマが捧げ持ち、アメノコヤネが祝詞を唱える。どこから見ても、厳かな祭りそのものである。しかし、それがじつは芝居なのである。

そのように準備した上で、アメノタヂカラヲ（天手力男神）という腕力の強い神が、戸の脇に隠れ立って待ち受けるところで、いよいよアメノウズメの登場である。そして、語られているとおり、桶の上に立って、足でリズムを取りながら、神がかりしていくのである。そのさまは、まるでストリップだ。乳房を露わにし、下半身を覆う裳の紐を解き、その紐を秀処（ほと）の辺りまで押し垂らしたというのだから。もちろん、これもオモヒカネの演出である。そしてその演出は、計画通りに神がみを喜ばせる。

すると、高天の原もどよめいて、すべての神がみは、みなよろこんだ。（爾、高天原動而、八百万神、共咲。）

この場面が演出かどうかは何ともいえない。聴衆でもあるその他大勢の神がみは、何も知らないほうが、その喜びは大きいはずだし、作り物ではないからアマテラスをだましやすいとオモヒカネが考えたとすれば、喜びの声をあげた八百万の神は、ウズメの妖艶さを見て大よろこびしているのだとみればいい。

わたしが「みなよろこんだ」と訳した部分、原文には「共咲」とある。「咲」の字を古事記では「笑」の意味で用いているので、ほとんどの注釈書はワラフと訓読している。しかし、古代のワラフという語は、侮蔑的軽蔑的な意味をもつ語なので、ここをワラフと訓むとウズメの踊りを軽蔑しさげすんでいるということになってしまう。そうではなく、ここは神がみの喜びをあらわすヱラク（声を上げて喜ぶことをあらわす語）と解釈し、みなでウズメの踊りに酔いしれ喜んでいると解釈したのである（次の場面で「よろこんで」とか「えらき」とか訳した部分も同じである）。

その神がみの歓喜の声を聴いたアマテラスは、どうするか。彼女が自意識のつよい女神だということを見抜いていたオモヒカネは、アマテラスがどのような行動に出るか、見当がついていたのである。芝居は次のように展開する。

ここにアマテラスは、あやしいこととお思いになり、天の石屋の戸を細めに開けて、内から声をかけることには、「われが籠もりますによりて、天の原はおのずからに暗く、また葦原の中つ国もみな暗いだろうと思うていたのに、いかなるわけで、アメノウズメは楽(あそ)びをなし、また八百万の神がみは皆よろこびの声をあげているのか」と。するとアメノウズメが答えることには、「あなた様にも益して貴き神のいますゆえに、喜びえらき遊んでいるのです」と。

このようにウズメが答えている隙(すき)に、アメノコヤネとフトダマが、その鏡をアマテラスにお見せすると、アマテラスはますますあやしいとお思いになり、いま少し戸のうちから出て、鏡の前に近づかれた、その時、隠れ立っていたアメノタヂカラヲが、その御手(みて)を取ると外に引き出し、すぐさまフトダマが、尻くめ縄を後ろに張り渡し、「ここから内にはお帰りになれません」と申し上げた。

さて、アマテラスがお出ましになるとともに、高天の原も葦原の中つ国も、おのずからに照り輝き明るい光に包まれた。

わたしがいないのになぜと言ったアマテラスに、ウズメは、決められたせりふ「あなた様にも益して尊き神のいますゆえに」と言い、アメノコヤネとフトダマが捧げもっていたサカキに取り掛けた鏡をすっと差し出す。すると、そこに映った姿を見てアマテラスは一歩前に踏み出したという。そこをタヂカラヲが抜かりなくつかまえ、外へ引き出してしまう。計算通りの大団円という次第だが、ここで不審なのは、鏡を前にしたアマテラスの行動である。

この場面を読むと、アマテラスは鏡を知らなかったのではないかと思わされる。言うまでもないことだが、アマテラスは鏡を御神体として伊勢神宮に祀られていることになっている。彼女は鏡そのものだといっていい神だが、そのアマテラスともあろう神が、鏡を知らないうつけ者だったのだという笑いが、この神話を締め括っている。そう読むことによって、冬至を背景として演じられる大芝居の幕切れにふさわしいことがよく理解できる。すべての神がみの喜び（古代的な「ゑらく」）に包まれて、アマテラスは再生する。

神話というのを、あまり真面目に読みすぎないほうがいい。ときには脱線しながら神話は語られる。むろん、つらい敗北の物語も神話は抱えているが、聖書や仏典のようにえらい神や仏が真面目に教義を説いているというふうには考えないほうがいい。

アマテラスが引きだされて、世界は元通りに、あるいは前以上にすばらしい世界になった。しかし、スサノヲをそのままに置いてはおけない。騒ぎの元をつくったスサノヲに対して、たくさんの台の上に山ほども盛り上げた償いの品物を出させ、また伸びたひげと手足の爪を切り整えて、高天の原から神逐（かむや）らいに逐（や）らいたもうたのであった。

人間の肉体のなかで外に伸び出てくる爪や髪などには、その人の穢れが溜まっていると考えていたらしい。それゆえに、賠償の品物を出させて罪をあがなうとともに、スサノヲの穢れを祓い去ったうえで、高天の原から追い払ってしまうのである。

スサノヲがそれをどのように受け止めたのかはわからないが、この楽園追放によって、神話は新しい舞台を手に入れ、たのしい冒険物語が繰り広げられることになる。

天上から、地上へ、舞台はふたたび転換する。

第三章　出雲に降りたスサノヲ

【スサノヲの系図】

（系図5）

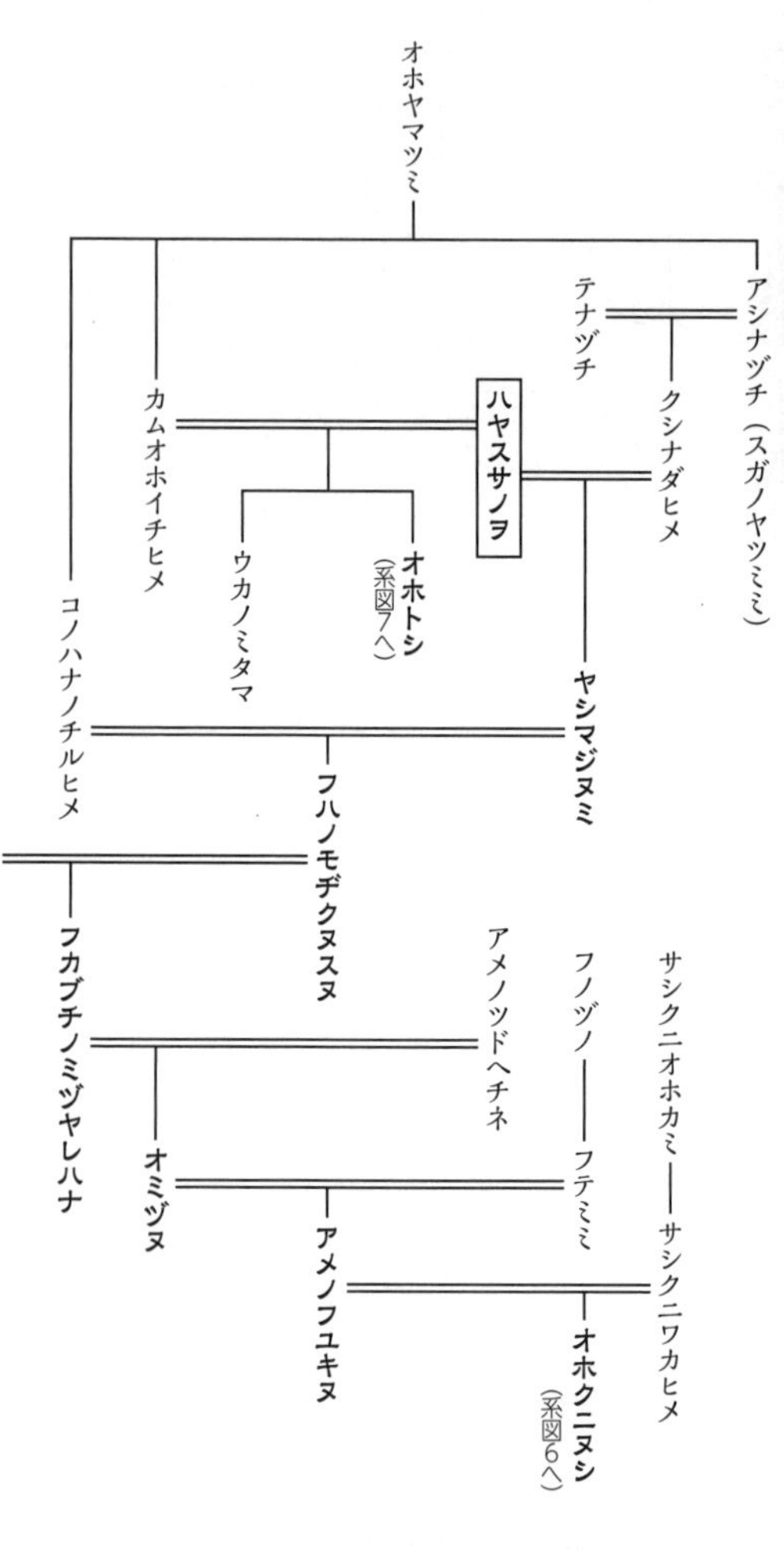
オホヤマツミ
アシナヅチ（スガノヤツミミ）
テナヅチ
クシナダヒメ
ハヤスサノヲ
カムオホイチヒメ
オホトシ
（系図7へ）
ウカノミタマ
ヤシマジヌミ
コノハナノチルヒメ
フハノモヂクヌスヌ
オカミ
ヒカハヒメ
フカブチノミヅヤレハナ
アメノツドヘチネ
フノヅノ
フテミミ
サシクニオホカミ
サシクニワカヒメ
オミヅヌ
アメノフユキヌ
オホクニヌシ
（系図6へ）

さまようスサノヲ

二度目の追放を受けたスサノヲ（須佐之男命）は、高天の原から追われさまよう。行き先が指定されているわけではないのだが、出雲に降りてくることになる。ただし、まっすぐ出雲に来たわけではない。追放されたあと最初に語られるのは、オホゲツヒメ（大気都比売）の殺害と五穀の誕生である。この神話を、あとから挿し込まれたと考える研究者もいるが、それは古事記の流れを読めていないための見当違いな認識である。この女神殺害と五穀誕生の神話がなければ、以降のスサノヲの活躍はないといっても過言ではない。この部分は、古事記のスサノヲを考えていく上で、きわめて重要な場面と見なければならないのだが、それは次のように語られている。日本書紀には存在しない神話でもある。

また、食べ物をオホゲツヒメ（大気都比売）に乞うた。するとオホゲツヒメは、鼻や口、また尻からも、くさぐさのおいしい食べ物を取り出して、いろいろに作り調え（ととのえ）てもてなしたが、その時に、そのしわざを覗（のぞ）いて見ていたハヤスサノヲ（速須佐之男命）は、わざと穢（けが）して奉るのだと思い、すぐさまオホゲツヒメ（大宜津比売神）を斬り殺した。

すると、殺された神の体につぎつぎに生まれる物があり、頭には蚕が生まれ、二つの目には稲の種が生まれ、二つの耳には粟が生まれ、鼻には小豆が生まれ、陰には麦が生まれ、尻には大豆が生まれた。

そこで、カムムスヒの御祖（神産巣日御祖命）が、これを取らせて種と成した。（故是、神産巣日御祖命、令取茲成種。）


新たにスサノヲの神話が始まるというのに、「また（又）、……」と始まる。古事記では話題が変わるときには、「かれ（故）」とか「しかして（爾）」とか、接続詞はほぼ決まっており、ここに「また」をもってくるのは不自然である。そのために、この部分は後から挿入されたという説が根強くあるのだが、そうではない。ヲロチ退治神話を語るためには、その前に、この部分がないと十全な展開とは言えなくなってしまうからである。そこから考えれば、高天の原を追放された直後に、その後のスサノヲを語る別の話が語られ、それを受けて「また（又）」とつないでいたと考えたほうがいい。

それはたとえば、日本書紀の一書の伝えに、スサノヲが雨のなかを蓑笠を着てさまよい宿を乞うたが、だれも与えてくれなかったという話があるが（第七段第三の一書）、そうした苦難の道行き話がオホゲツヒメ神話の前に置かれていれば、話の展開はとてもわかりやすく、つながりも緊密になるということである。語りというのは、あるエピソードをもってきたり、時には落としてしまうこともめずらしくはない。

殺される穀物の女神

スサノヲは、オホゲツヒメという女神に食べ物を乞う。オホゲツヒメとは偉大な（オホ）食べ物（ケ）の（ツ）女神（ヒメ）の意であり、食を乞うという展開はわかりやすい。しかし、この女神がどこにいるかは語られておらず問題にすべきだと思うが、読む者は、地上の出雲に降りる前だから、直前までの舞台だった高天の原だろうと安易にみなしてしまう。ほとんどの注釈書もそのように考えて疑わない。しかし、追放されたスサノヲがいつまでも高天の原をさまよっていたというのは納得しにくい。

とすると、スサノヲはどこでオホゲツヒメに遭遇したのか。「また」という接続詞から類推して、オホゲツヒメに出会う前に、高天の原を追われたスサノヲが、どこか知らないところに立ち寄っていた可能性は大きい。まるで推理小説の謎解きのようだが、三つの推理が浮かぶ。

一つは、その名前である。イザナキ（伊耶那岐命）とイザナミ（伊耶那美命）による国生みの場面で、四国を生んだ時に「粟の国はオホゲツヒメ（大宜都比売）」とあって、地上にオホゲツヒメという女神がいることがわかる。そのために、注釈書によっては、スサノヲが食を乞うたのは粟（阿波）の国だと解釈するものもある。しかし、出雲に行く前にスサノヲが地上に降りて粟の国に行ったというのは、何らかの説明がないことには受け入れにくいのではないか。しかも、オホゲツヒメのような生活に必須の神は、どこにでもいる神でないとまずいはずだ。

もう一つの立ち寄り先は、日本書紀の伝えを参照すると推定できる。日本書紀の異伝に、蓑笠を着てさまよったという話があることは先ほどふれた。それ以外にも、スサノヲは、出雲に来る前に、高天の原を追われて新羅国（朝鮮半島）に降りたという伝えをもっている。第八段の第四の一書によれば、スサノヲはわが子イタケル（五十猛神）を連れて新羅の国の曽尸茂梨（王城の地をいう）に降りたが、この国には住みたくないと言って赤土で舟を作って出雲の国の簸の川の上流の鳥上峰に到ったという。

高天の原と出雲とをつなぐ土地として、考えられるスサノヲの立ち寄り先はこの二つだが、粟の国というのは、同じ地上（葦原の中つ国）であるという点で支持しにくい。とすれば朝鮮半島の新羅とみなしていいかというと、そう簡単には同意できない。古事記では新羅のことは何も語っていないからである。ただ、高天の原から垂直に降りてきたというよりは、高天の原から降りたある場所を経由して、海を渡って出雲にやってきたという巡路は、このあとの展開を考えると魅力的であることは確かだ。

第三の推理として、わたしはこのように考えてはどうかと思う。オホゲツヒメという神は、食べ物をつかさどるという点で、また、斬り殺されることによって肉体のあらゆる部位から穀物を生やすという点で、大地母神のような存在であるとみてよい。そして、その神が粟の国にいるのは、アワという穀物からの連想で当然だが、粟の国だけにいる神であっては困るはずだ。もっと、根源の世界とでも呼べるところに、「ケ（食）」の元締めとしてのオホゲツヒメはいたのではないか。

そこに、高天の原を追われたスサノヲは立ち寄り、お腹が空いて食を乞い、穢したというので殺し、そののちに、出雲へと渡ってきた（新羅にも寄ったかもしれない）、そのようには読めないかと思うのである。つまり、オホゲツヒメというのは、海のかなたにある根源世界のようなところに住んでいたのではないか。そして、そのことを探るためには、オホゲツヒメ殺しに介在するカムムスヒ（神産巣日御祖命）という神を追いかけてみる必要がある。

オホゲツヒメは鼻や口やお尻など、体のあらゆる穴という穴からおいしい食べ物をつぎつぎに出した。混沌とした根源の力を秘めた女神のイメージを喚起させる表現である。ところが、いろいろと作り調えてもてなすさまをこっそりと覗き見たスサノヲは、わざと汚してご馳走しているのではないかと怒り、その場でオホゲツヒメを斬り殺してしまう。すると、オホゲツヒメの体の各部位から、蚕と五つの穀物が生えてきたのである。

神話における死は世界の終わりではなく新たな世界の再生だということになるから、オホゲツヒメの死体から新たな食べ物が出現するというのはよく理解できる。しかも、その混沌の女神の死は、秩序ある生産を生みだしてくる。それを、採集から栽培へと考えれば、オホゲツヒメというのはまさに縄文的な女神だということになる。その女神の死によって、弥生的な生産（栽培）が始まるのだ。

そのように説明すると、そこにカムムスヒというもうひとりの女神が登場するというのはきわめて象徴的なことである。しかし、古事記の文脈には、よく読み取れない部分が残される。先に引用した末尾の部分だが、オホゲツヒメを殺して穀物が生えてくると、「カムムスヒの御祖（神産巣日御祖命）が、これを取らせて種と成した」というのである。この訳は、原文「（故是）神産巣日御祖命、令取茲成種」に基づいてわたしが解釈したものである。

この原文はずいぶん簡略で、カムムスヒが、「だれ」に取らせ、種に成したものを「どうした」という点が曖昧なのである。それをわたしは、次のように理解したのである。

ものを生みなすことのできるカムムスヒの御祖と呼ばれる女神が、「これ（茲）＝殺されたオホゲツヒメの体から成り出たもの」を、スサノヲに取らせ（令取）、もろもろの実のなる種と成した（成種）。そして、その種を、あらためてスサノヲに授けて地上に持たせたと、そのように補って解釈するのが正解だと理解したのである。というより、そのように考える以外に読み方はないのではないか。

スサノヲは、そのようにして手に入れた五穀の種を持って出雲にやってきたのである。そして、その種がなければ、ヲロチを退治してクシナダヒメと結婚するという展開は不可能になってしまうのである。ヲロチ退治神話については次に説明するが、ヲロチに呑み込まれそうなヲトメの名がクシナダヒメ（櫛名田比売）であるということが、わたしの読み解きを保証するはずだ。従来の古事記研究では、そのことを読み取れていない。

クシナダヒメの名は、古事記では、ヲロチから守るために変身させた「櫛」から連想された漢字を用いながら、その名の原義は、「クシ（霊妙な）＋イナダ（稲田）＋ヒメ（女神）」であり、イ音が重なるためにつづまってクシナダヒメとなったのである。クシナダヒメというのは、もともと田んぼの女神というのが本性なのである。それゆえに、「種」を持ったスサノヲはクシナダヒメと結婚できたのだということになる。そして、その種をスサノヲに与えたのがカムムスヒなのである。

すでに第一章で述べたように、カムムスヒというのは、出雲の神がみに何か危急の事態が生じた時に現れて手をさし伸べてくれる神であった。そして、その名前の通り、まさに生成・生産をつかさどる「ムス」神であった。そのカムムスヒがスサノヲに取らせた、オホゲツヒメの体から生えてきた五穀は、スサノヲによって血まみれにされ穢れのなかに芽吹いたものである。それをカムムスヒは、スサノヲに持ってこさせて浄化し、穢れを取りはらわれた種、ほんとうの種となした上で、改めてスサノヲに授けることで、地上にもたらされることになった。その「ムス（生す）」の発現は、カムムスヒという名にふさわしいはたらきであるといえるのである。

古事記の冒頭の神話によれば、カムムスヒはタカミムスヒ（高御産巣日神）と並んで高天の原にいることになっているが、それはのちの改変であろうということは説明した。出雲の祖神として存在するカムムスヒは、もとは水平線のかなたにある根源の世界にいます神だったと考えたほうがよい。そのことは、次章以降に展開するオホナムヂ（大穴牟遅神）あるいはオホクニヌシ（大国主神）の神話を読んでいけばおのずと明らかになってくるはずである。

そのように考えると、ここで問題にしているオホゲツヒメが殺されたのはどこかという疑問を解く糸口が見つかるのではないか。その場所というのは、カムムスヒが本来いますところ、あるいはその世界とつながったところであると読むべきだとわたしは考えている。先ほど、オホゲツヒメは海彼（かいひ）に存在する根源の世界にいるのではないかと解釈したのはそのためである。

このように考えるのは、カムムスヒという女神は、海とのつながりがとても濃厚に感じられるのが大きな理由の一つである。

ヲロチ退治

種を持って、スサノヲは出雲にやってくる。そして語られるのが、よく知られたヲロチ退治神話である。まずは、その全文を、読んでみよう。

　さて、遠ざけられ追われて、出雲の国の肥の河のほとりの鳥髪というところに降りた。この時、箸がその河を流れくだってきた。それでスサノヲは、人がこの河上に住んでいると思うて、求め上って行くと、老いた男と老いた女との二人がおって、ヲトメ（童女）を中に置いて泣いていた。

　そこで、「お前たちは誰だ」とお尋ねになると、その老いた男が答えて、「わたしは国つ神オホヤマツミ（大山津見神）の子です。わたしの名はアシナヅチ（足名椎）といい、妻の名はテナヅチ（手名椎）といい、娘の名はクシナダヒメ（櫛名田比売）といいます」と言うと、また問うて、「お前たちが哭くゆえは何か」と。答えて、「わたしの娘は、もとは八人いました。そこにコシノヤマタノヲロチ（高志之八俣遠呂智）が、年ごとに来て喰ってしまいました。今また、そやつが来る時なので、泣いています」と申し上げた。

　すると尋ねて、「そやつの姿はどんなか」と。答えて、「その目はアカカガチ（熟れた酸漿）のごとくで、体一つに八つの頭と八つの尾があります。また、その体にはコケヤヒノキやスギが生え、その長さは谷を八つ、尾根を八つも渡るほどで、その腹を見ると、いつもあちこちが血で爛れています」と申し上げた。

そこでハヤスサノヲ（速須佐之男）は、その老夫に仰せになり、「この、お前の娘はわたしに奉るか」というと、答えて、「恐れ多いことですが、お名前もわかりません」と申し上げる。すると答えて、「われは、天照大御神の伊呂勢（母をひとしくする男キョウダイの意。実際は二神に母はいない）である。そして、今まさに、天降ります」と名乗られた。すると、アシナヅチとテナヅチが、「そのようなお方とは恐れ多い。奉ります」と申し上げた。

そこでハヤスサノヲは、すぐさま、その童女を呪力ある爪櫛に変えて、おのれのみずらに挿し、そのアシナヅチとテナヅチに告げて、「お前たちは、八塩折の酒（幾たびも醸した強い酒）を造り、また垣を作り廻らし、その垣に八つの門を作り、門ごとに八つの桟敷を設け、その桟敷ごとに酒船を置き、船ごとに八塩折の酒を盛り上げて待て」と教えた。

そこで、教えられたとおりに設け備えて待っていた、その時、そのヤマタノヲロチ（八俣遠呂智）が、まことにアシナヅチが言ったままの姿で来て、すぐさま船ごとにおのれの八つの頭を垂れ入れて、その酒を飲んだ。そして、飲み酔うて動けなくなって、そのままつっ伏して寝てしまった。ここにハヤスサノヲは、その、腰に佩いた十拳の剣を抜き、その蛇を切り刻むと、肥の河は血の河になって流れた。
さて、そやつの中のあたりの尾を切った時、御刀の刃が欠けた。それで、あやしいと思い、御刀の先でその尾を刺し割いて見ると、都牟刈の太刀が出てきた。そこで、この太刀を取り出し、妖しいものと思い、アマテラス（天照大御神）に申し上げ差し上げた。これが、草那藝の太刀である。

スサノヲが寄りついたという鳥髪の地を、通説のように山の頂と考えると不自然なところがある。箸が流れてきたのを見て上流に遡ったというのだから、スサノヲが着いたのは肥の河の中流または下流だったはずである。そう考えて出雲国風土記を調べると、スサノヲの名が十か所ほどに出てくるが、多くは、スサノヲの子神の鎮座を語る地名起源譚になっており、その場所は、出雲の国の西部の神門川（神戸川）および出雲大川（斐伊川）の流域一体と、東部を含めた島根半島沿岸に限られる。おそらく、そのあたりに、スサノヲの信仰圏があったと考えることができるだろう。とすると、最初に降りてきたと古事記が伝える鳥髪という地を、斐伊川の最上流の山の中と解釈したのでは風土記の伝えといささか矛盾を来たしてしまう。この点に関しては、スサノヲの本拠はどこかという問題も加わって大きな疑問として残されるところで、ここに該当する地を示すことはできない。ただ、「肥の河のほとりの鳥髪というところ（肥河上名鳥髪地）」とは、斐伊川河口の海に近いところとみなすべきではないかと思う。

古事記ではスサノヲは天から降りてきたように読めるが、そう読むのが不自然なことについては、オホゲツヒメ殺しについて指摘した点を踏まえても納得できるはずだ。スサノヲと出雲は、天（高天の原）ではなく、海あるいは川を介してつながっていたのではないか。カムムスヒもそうだが、出雲にかかわる神は、水平的なかたちで外の世界とつながろうとする傾向が強いようにみえるのである。

先にも述べたように、日本書紀の一書には、スサノヲ（素戔嗚尊）は高天の原から朝鮮に降りて、そこから赤土の舟に乗って息子イタケル（五十猛神）とともに出雲に渡ってきたという伝承がある。あるいは、オホゲツヒメの居場所も高天の原と考えるよりは水平線のかなたの神の世界と考えたほうがいい。そのような、海や川筋によってつながる関係を、出雲とスサノヲとのあいだに考えてみたほうがわかりやすいのだと思う。それは、スサノヲの本拠地ともいえる根の堅州の国の所在にもかかわるが、その点に関しては次章で論じることにして、ヲロチ退治神話の話題を先に進めよう。

「わたしの名はアシナヅチ（足名椎）といい、妻の名はテナヅチ（手名椎）といい、娘の名はクシナダヒメ（櫛名田比売）といいます」と、老夫はスサノヲに名乗った。アシナヅチとテナヅチという老夫婦の名については、「アシ（足）／テ（手）＋ナヅ（撫）＋チ（神格をあらわす尊称の接辞）」と説明され、足を撫でたり手を撫でたりしてだいじに子を育てる神というように解釈されるのが通説だが、わたしは別の解釈をする。ナは親しみをこめて付ける接辞、ツは格助詞「〜の」の意とみなし、この神の名は、「アシ（足）／テ（手）＋ナ（接辞）＋ツ（〜の）＋チ（霊力をあらわす接尾辞）」であり、足の霊力、手の霊力という意味だろうと思う。足や手を使って働く神、つまり労働者階級の神である。神にもさまざまな職能や階級があり、そのなかで労働をになう神がアシナヅチとテナヅチである。

また、娘クシナダヒメの名についてはオホゲツヒメ殺害の場面で説明した通り、稲田の女神であり、なぜ稲田の女神が必要かというのは、ヲロチ退治神話を読めば納得されよう。そして、その田を耕して働く神がアシナヅチ・テナヅチだと考えれば、この親子の関係はよくわかるはずだ。そのように読むことによって、ヲロチ退治神話が出雲を舞台にした神話の冒頭に置かれる理由も了解されるはずである。

神話を読んでいくと、スサノヲと老夫との会話のなかに、ヲロチに関するさまざまな情報が示されていることがわかる。まず、やってくるヲロチというのは突発的な通り魔ではなく、毎年毎年、決まった頃にやって来て、老夫婦のむすめを一人ずつ喰ってしまうというのである。この法則性から考えると、ヲロチと老夫婦とのあいだには何らかの契約とか約束が存在すると考えられる。

ヲロチとはいかなる存在か

ヲロチ退治神話を整理して説明すると次のように読める。

スサノヲは高天の原を追放されて地上に降りてくるが、アマテラスとは対立している。アマテラスは秩序のある世界の女神であり、スサノヲは無秩序な暴風雨のような神として存在した。そこでは、アマテラスが治める高天の原という正統なる世界に対して、スサノヲは海原という異端の世界を支配せよと言われ、いやだと哭きさわいだ。また、アマテラスは光輝く太陽神として身体のなかでもっとも大事な視覚器官である目から生まれた。対するスサノヲは鼻から生まれた。これはおそらく暴風とつながっている。そして、アマテラスは調和性や女性性をもち、すべてを受け入れていく。それに対してスサノヲは暴力的な男性性をもつ弟として、完全に対立的な関係のなかで描かれる。

結局、スサノヲは高天の原を追放された。かれは高天の原を追放されるときに、手足の爪を切って祓いをし、すべての穢れを除去し清浄化された状態で地上にやってくる。そのために、地上に降りたスサノヲは同母弟として自らをアマテラスの位置に置くことになり、そのスサノヲに対置された存在として、コシノヤマタノヲロチという無秩序なるものが必要になるのである。スサノヲは、高天の原という文化性を背負った新たな神として地上にやってきたことになる。その後ろだてになっているのがアマテラスだ。そして、人文神スサノヲの対立者という役割を振り分けられたヲロチは、自然神と考えればいい。つまり文化英雄スサノヲに対する自然神ヲロチという一対一の対立のなかで神話は展開する。

ヲロチの姿は、目は真っ赤なホオズキとある。目が赤いというのはヲロチが恐ろしい妖怪であることを表している。その妖怪性は、具体的には、胴体が一つで八つの頭と八つの尾があるという異形なる姿によって語られていく。反対にスサノヲは、人文神として、人間と同じような姿をしている。ただし、人文神は巨大で、身長が何十メートルもあるとイメージされるのがふつうである。

また、ヲロチの体にはコケやヒノキやスギが生え、腹を見ると血が垂れて爛れていると語られる。しばしば、ヲロチの姿を出雲地方で行われた踏鞴（たたら）製鉄と結びつけ、熱せられた炉から溶けた鉄が流れ出るさまと重ねられるのだが、赤い目とか流れる血などの断片的なイメージが強調され過ぎており、さほど説得力があるとは思えない。それよりも、ヲロチの全体的な姿から連想されるのは、蛇行して流れる川の姿である。出雲でいうと斐伊川がその象徴で、斐伊川は河口が氾濫原になっており、水流は枝分かれして中州をつくっている。上流は、いくつもの支流があってあちこちの谷に入り込んでいる。そして川の両側は切り立った山や崖があり、さまざまな木が茂り、台風などのあとには山崩れや地滑りが起こり、赤い地肌が剥き出しになっている。そのような大きな川とその流域の姿が、ここに描かれたヤマタノヲロチの姿に反映しているとみると、自然神としてのヲロチのさまは浮かびやすいはずである。

そのヲロチという呼び名だが、ヲロチの「ヲ」は尾の意、「ロ」は古い格助詞で「〜の」の意。末尾の「チ」は神格を示す接辞だが、「チ」という接尾辞は、イカヅチ（雷）、ミヅチ（蛟、川の精霊）などのように恐ろしく制御できない力を秘めたものに対する呼称として付けられる。ヲロチというのは、「尻尾の霊力」とでも訳せばいい存在で、人文神スサノヲが知恵を力とする存在であるのとは正反対に、頭ではなく尾をいちばんの武器とした恐ろしきものである。「尾」に霊力が宿る存在というのは、無知なるものの言い換えとみればよい。そして、その力の象徴として、体を切り刻んだ最後に、尾からヲロチを象徴する霊剣が出てくることになるのだ。

それに対してスサノヲは、知恵を象徴している。その戦いぶりを見て明らかなように、力任せに戦うのではない。酒を飲ませて酔わせた上で殺すという知恵を使ってヲロチをやっつける。そのように頭を使うところに、スサノヲの文化性は象徴化されている。

もう一つ、ヲロチの名の頭に置かれた「コシ（高志）」も野蛮性の指標として付けられている。コシ（高志）というのは、北陸四県、もともとは北陸道の三国、越前・越中・越後の全体をコシと呼んでいた。日本書紀や律令などの表記では「越」だが、古事記ではもっぱら「高志」と書き、出雲国風土記でも高志や古志という表記が使われている。そして、この地は、出雲の側からみると、もっとも気になる存在で、恐ろしく野蛮なる世界であるとともに羨望すべき世界でもあるという複雑な心情をもよおす世界であった。対立し惹きあう世界なのだが、ここではそのコシが、野蛮性を象徴する土地になっている。

古事記がこの怪物をコシノヤマタノヲロチというふうに高志という冠を付けて呼ぶとこ

ろには、出雲から眺めた「高志」観が反映されているとみなしてよい。それに対して日本書紀では、そうした認識はまったくもっていない。ヲロチ退治神話は、正伝と一書のいくつかに存在するが、そこではコシ（越）という表示は認められず、「八岐大蛇（やまたのをろち）」（第八段正伝、第二の一書）とか「大蛇」（第四の一書）とあるばかりである。それは、日本書紀の観念ではヤマト王権の側からの発想しかもっていないために、出雲と高志との個別の関係性など意識のなかに入ってこないからである。

　また、古事記のヲロチは暴漢というわけではない。アシナヅチとテナヅチにとって、来ることがわかっている存在だ。毎年、ヲロチを祀り、娘を差し出していることを考えれば、老夫婦とヲロチとのあいだには、契約関係があった。ただし、それは一人ずつ食べるという消費関係でしかなく、生産性をもたない。それに対してスサノヲは、娘をくれればヲロチを退治してやると言う。ここをみれば、スサノヲとヲロチとが、娘を奪うものという点で等価な存在であるということがわかる。

　それに対して老夫婦は、両者を比べたうえで、スサノヲのほうが断然いいということに気づくのである。ヲロチは娘を喰って消費するだけだが、スサノヲは結婚する（喰う）ことによって子どもを生むからである。消費し排泄するだけの関係と、生産し子孫を繁栄させる関係との違いが、喰うと結婚とのあいだには存在する。

だからこそというか、それと重ねられるように、古事記のヲロチ退治神話では、その前にスサノヲによるオホゲツヒメの殺害と、カムムスヒを経由したのちの五穀の種の入手が語られるのである。スサノヲは、稲種を持って地上を訪れたのであり、それがなければヲロチ退治神話へと展開する必然性はない。その意味で、古事記のヲロチ退治神話というのは、稲作（農耕）の起源神話として語られているということになるのである。

もう一つの稲種

一方、日本書紀をみると、ヲロチ退治神話は正伝や一書の何本かに伝えられているが、オホゲツヒメ殺害による五穀の起源神話はどの伝えにも存在しない。つまり、日本書紀ではヲロチ退治神話は稲作の起源神話としては語られていないということである。そうした古事記と日本書紀との違いはなぜ生じるのかといえば、日本書紀の場合、稲作の起源は天皇家の祖先神としてのアマテラスに委ねられる必要があったからである。

日本書紀の場合、地上にはじめて稲種がもたらされたのは、アマテラス（天照大神）の孫ニニギ（瓊瓊杵尊）が地上に降りてきた、いわゆる天孫降臨と呼ばれる神話においてである。それは正伝には伝えられていないのだが、第九段第二の一書によれば、アマテラスは、わが子アメノオシホミミ（天忍穂耳尊）に対して、「宝の鏡」を託し、アメノコヤネ（天児屋命）とフトダマ（太玉命）にその鏡の祭祀を命じ、タカミムスヒ（高皇産霊尊）の娘ヨロヅハタヒメ（万幡姫）をオシホミミと結婚させて地上に向かわせるのだが、その時、「わたしが高天の原で育てている斎庭（ゆにわ）の穂（いなほ）を、わが子に託そう」と言って、稲穂を授けるのである。ところが、地上に降りる途中の天空で、オシホミミとヨロヅハタヒメとのあいだに子が生まれたために、アマテラスはその生まれた孫ニニギに、すべての神とものを託して地上に降ろすことにしたと語られている。

　ここに出てくる「斎庭の穂」が地上に稲作がもたらされた始まりであり、その功績はアマテラスを中心とした天つ神によって語られる、それが日本書紀の立場なのである。それゆえに、天孫降臨の前にスサノヲが地上に稲種を持って降りるというような語りはありえないということになる。その代わりだろうか、日本書紀の場合、スサノヲは、その子イタケルとともに木の種を持って降り、地上に木々を植え広めたという伝えを載せている（第八段第四、第五の一書）。

　日本書紀の「斎庭の穂」は、高天の原にある田でアマテラスが育てたものである。そして、その種は、古事記には語られていないツクヨミ（月夜見尊）によるウケモチ（保食神）殺しによって出現したものであった。日本書紀第五段第一一の一書によれば、高天の原の統治を命じられたアマテラスは、弟ツクヨミに対して、葦原の中つ国にウケモチ（保食神）という神がいるので見てくるようにと依頼する。そこで、ツクヨミが地上に降りて見ると、ウケモチは、ぐるりと首を廻して大地に向かうと口より飯が出て、海に向かうと口から大きな魚や小さな魚が出て、山に向かうと大きな獣や小さな獣が口から出た。そして、それらの品物をみな、たくさんの机に載せてツクヨミにご馳走したので、ツクヨミはひどく怒り、ウケモチを斬り殺してしまう。高天の原にもどってアマテラスに伝えると、アマテラスはひどく怒り、おまえの顔は二度と見たくないと言って、ツクヨミとアマテラスは夜と昼とに別れて住むことになったのだという。

そののちアマテラスが、アメノクマヒト（天熊人）を派遣してウケモチを見させると、死んだウケモチの体にはさまざまな穀物の種が生っていた。それをクマヒトが収穫してアマテラスに届けると、アマテラスは喜んでそれを高天の原で育てることにした。そこで育てられていた稲種が地上にもたらされた斎庭の穂だというわけである。

古事記でも高天の原でアマテラスは田を作って稲を育てていたが、その種を入手した経緯については何も語られていない。また、その稲がニニギに託されて地上に降ろされたということを古事記は語らない。ただし、日本書紀と同様に、ニニギがアマテラスの育てていた稲種を地上にもたらしたのが稲作の起源だという神話が語られていたということは十分に考えられる。そして一方で、スサノヲが稲種を持って地上に降りて田んぼの女神クシナダヒメと結ばれたのが稲作の始まりだという神話も存在したのである。

当たり前のことだが、稲作の起源は、ここに紹介した伝承だけではなく、さまざまなかたちで語られている。そのなかで、日本書紀は、アマテラスの斎庭の穂を重視しているのに対して、古事記では、スサノヲによるオホゲツヒメ殺しに主眼を置いて語っているということなのである。いくつもある起源のなかから、どのような神話を選択するかによって、その性格は違ったものになる。

なお、ウケモチという神だが、「ウケ」は「ウカ」と同じで穀物の意で、「穀物を持つ神＝穀物の神」のことをいう。つまり、「ケ（食）」の女神であるオホゲツヒメと同じ性格の神なのである。もちろん、ウケモチも女神である。

神話の様式と広がり

ヲロチ退治神話の内容にもどると、スサノヲは、クシナダヒメを妻にくれたらヲロチを退治するという条件が老夫婦によって受諾されるとすぐに行動を開始する。すぐさま、おとめの姿を美しい櫛に変えて自分の髪のなかに隠すと、アシナヅチとテナヅチに強い酒を作らせ、垣根や門や桟敷を準備させて、ヲロチを迎えるのである。そして、計略通りに酔って寝てしまったヲロチを斬り殺してしまう。ヲロチはまんまと計略に嵌まってしまい、スサノヲの知恵は遺憾なく発揮されるというのが、ユーラシア大陸全体に広く分布するこの種の神話のお決まりである。

知恵と勇気をもつ少年英雄が、少女を助けて結婚する。その普遍的なパターンのなかで、このヲロチ退治神話も語られているのだが、述べてきたように、ヲロチ退治神話にはヲロチ退治神話独自の結構があるのだ。様式のなかで語りは可能になるが、お話は、それぞれの土地やそれぞれの物語のなかでまた個別な方向へと展開する。パターンは神話を萌芽させるが、物語を展開し広げてゆくのはそれぞれの想像力に頼らなければならないのである。

ここで言い添えておくが、ヲロチは、先に説明した通り「尾の霊力」という名で伝えられる正体不明の怪物の呼び名であり、最初から「ヘビ」だと語られているわけではない。ただの蛇ならスサノヲでなくても退治できたわけで、得体の知れない怪物だからこそ、人文神であるスサノヲの知恵が求められたのである。

そのことは、原文を見ると明らかで、やっつける前までは、かならず「高志之八俣遠呂智」とか「遠呂知」とか音仮名でヲロチと表記されている。そして、酔っぱらったところを斬り殺す場面になると、「その蛇を切り刻むと、肥の河は血の河になって流れた（切散其蛇者、肥河変血而流）」とあって、「蛇」という漢字が使われているのである。つまり、殺してみたら、なんだヲロチの正体は「蛇」だった、という謎解きがなされるのである。昔話などにも語られる怪物の正体が最後になって明かされるという謎解き話は、語りにとってはおもしろい趣向の一つである。ことに音声の語りでこそ効果的なのである。

もともとヲロチには大蛇という意味はないということである。それなのに、日本書紀では最初から「大蛇」とか「八岐大蛇」と記述しており、それを見ただけでもすでに語りからは遠ざかった話であるということがわかる。

もう一点、ヲロチの名誉のために記しておきたいことがある。一般的にヲロチは酒好きだと考えられている。しかし、ヲロチは決して酒が好きだったわけではないというか、おそらく、はじめて酒を飲まされたのだ。そのために、迂闊にも酔って寝てしまい不覚をとったのである。これは、だまし討ちのパターンとしてよく使われる手口であり、ヨーロッパ人がネイティブ・アメリカンを殺したり、和人がアイヌを殺したりする時に出てくる。それは当然、卑怯な手口として軽蔑されるのだが、ヲロチ退治神話の場合は、スサノヲの知恵が称賛される。同じ手法でも、誰が誰に対して用いるかによって、評価はまったく逆になってしまう。

三種の神器

ヲロチ退治神話では、最後に草那藝の大刀（草薙の剣）がヲロチの尾から出てくる。ヲロチの八本ある尾の真ん中あたりを斬ると、大刀があった。割いて取り出すと立派なものなので、アマテラスに差し上げた。これが草那藝の大刀、あるいは草薙の剣と呼ばれる三種の神器の一つとなる。

天皇家の三種の神器は、一つはこの剣。あとの二つは、高天の原でアマテラスを石屋から出すために作った鏡と玉である（第二章）。鏡と玉は、祭りのために高天の原で作られ、剣はヲロチの尾から出たものが高天の原に差し上げられた。その三つのレガリア（王のしるし）が、ニニギが高天の原から地上に降りる際に、アマテラスによって託された。そのように古事記では語られている。

ただし、天皇家のシンボルである神器の数が、もともと三つであったかどうかは、大変むずかしい問題である。日本人の聖数観念からすると、二つであった可能性のほうが強いとも考えられる。日本書紀などでは、かならずしも三種として固定しているわけではない。また、鏡と剣がセットになるのは、どちらも青銅器と考えると弥生時代のものとみなせるだろうが、もう一つの玉である翡翠（ひすい）は、弥生時代から古墳時代にかけても使われるが、より古く、縄文時代以来の呪具（じゅぐ）であり、原料からしても他の二つとは違うし、神聖視される時代もずれているのではないかと思われる。

ただし、第二章で読んだ高天の原における石屋神話に基づけば、鏡と玉（翡翠）がセットとして神器とされていたところに、剣が加わったとも考えられるわけで、鏡と剣がもとにあったか、鏡と玉が古い神器かは決めがたい。また、出雲大社の摂社である命主（いのちぬし）の社の境内から、銅戈（どうか）と玉（翡翠）が出土しているのはよく知られているが、それを踏まえれば、剣と玉との組み合わせもあったということになる。

その組み合わせは、いかようにも考えられるという以上に判断を下すのはむずかしい。

なお、根の堅州の国を領するスサノヲの神宝については第四章で取りあげる。

クシナダヒメとの結婚

さてヲロチを退治したスサノヲは、約束通りにクシナダヒメを手に入れ結婚することになる。その場面を古事記は次のように語っている。

そこでスサノヲは、宮を作るにふさわしいところを出雲の国に探し求めた。そして、須賀（すが）というところに到り着くと、「われはここに来て、心がすがすがしくなったことよ」と仰せになり、そこに宮を作って住まわれた。それゆえに、そこを、今に至るまで須賀と呼ぶ。

この大神がはじめて須賀の宮を作った時、そこに、おのずと雲がわき立ちのぼってきた。そこでスサノヲは歌をお作りになった。その歌というのは、

やくも立つ　いづもやへがき　　八重に雲のわき立つ出雲の八重の垣よ
妻ごみに　やへがきつくる　　共寝に妻を籠めるに八重の垣を作る
そのやへがきを　　そのすばらしい八重の垣よ

ここに、アシナヅチを召して、「汝(なんじ)は、わが宮の長(おびと)になれ」と仰せになり、また、名を与えて稲田の宮主(みやぬし)スガノヤツミミ(須賀之八耳神)とお付けになった。

須賀というのは、現在島根県雲南市大東町須賀の地とされ、須我神社が祀られている。心がすがすがしくなったから「すが」と呼ぶというのは、古事記や風土記など音声に基づいた伝承が好む地名起源譚である。

スサノヲが歌ったという歌は、五七五七七の五七定型音数律による短歌形式になっており、少なくとも、この形式になったのはそれほど古いわけではないだろう。ただ、短い歌のなかで「やへがき(八重垣)」という語が三回もくり返されるというのは、音声による歌謡の特徴を強く窺わせる。共寝あるいは結婚の喜びを歌う歌謡が、定型の短歌形式に整えられてスサノヲの歌とされたものか。

また、クシナダヒメの父アシナヅチが、宮主(祭主)となってスサノヲとクシナダヒメを祀る人となったというのだが、神の子を生んだ者の親や兄が神を祀るという構造は、神と神を祀る者との関係としては一般的なあり方だといってよい。たとえば、京都の賀茂神社(上賀茂神社・下鴨神社)などもおなじ構造の神話を伝えており、神と神を祀る者とが上賀茂と下鴨に祀られている。

結婚したクシナダヒメとのあいだには、ヤシマジヌミ（八嶋士奴美神）という子が生まれ、そのあとを継いで子孫が誕生し、スサノヲを初代として数えると、その七代目に誕生するのがオホクニヌシ（大国主神）である（系図5参照）。そして、このオホクニヌシにはいくつもの名があり、古事記には、オホナムヂ（大穴牟遅神）・アシハラノシコヲ（葦原色許男神）・ヤチホコ（八千矛神）・ウツシクニタマ（宇都志国玉神）という別名を伝えている。そのオホクニヌシ（オホナムヂ）と呼ばれる神の活躍が、古事記における出雲神話の中心的な話題になるのである。

ところで、スサノヲは、クシナダヒメとのんびりと結婚生活を送ったかというと、そうではないらしい。というのは、このあとの神話を読んでいくと驚いたことに、スサノヲは根の堅州の国の主として娘スセリビメ（須勢理毘売）と暮らしているのである。ただし、そのことについては、次の章で改めて考えてみたい。

第四章　オホナムヂの冒険

【オホクニヌシの系図】（系図6）

スセリビメ（スサノヲの娘）
ヤガミヒメ（稲羽）
キノマタの神（ミ井の神）
ヌナガハヒメ（高志）
タキリビメ（胸形の奥津宮）
アヂシ（ス）キタカヒコネ（迦毛の大御神）
妹タカヒメ（シタデルヒメ）

オホクニヌシ（オホナムヂ・アシハラノシコヲ・ヤチホコ・ウツシクニタマ）

カムヤタテヒメ
コトシロヌシ（ヤヘコトシロヌシ）
アシナダカ（ヤガハエヒメ）

八十の神がみ

ヤシマムヂ——トトリ
トリナルミ
ヒナテリヌカタビチヲイコチニ
クニオシトミ
ハヤミカノタケサハヤヂヌミ
アメノミカヌシ——サキタマヒメ
ミカヌシヒコ
オカミ——ヒナラシビメ
タヒリキシマルミ
ヒヒラギノソノハナマヅミ——イクタマサキタマヒメ
ミロナミ
シキヤマヌシ——アヲヌマウマヌマオシヒメ
ヌノオシトミトリナルミ
ワカツクシメ
アメノヒバラオホシナドミ
アメノサギリ——トホツマチネ
トホツヤマサキタラシ

【付】その他の神

カムムスヒ——スクナビコナ
クエビコ（山田のソホド）
タニグク

大地の子オホナムヂ

古事記の系譜では、スサノヲ（須佐之男命）から数えて七代目として生まれたのがオホクニヌシ（大国主神）だが、オホクニヌシには、オホナムヂ（大穴牟遅神）、アシハラノシコヲ（葦原色許男神）、ヤチホコ（八千矛神）、ウツシクニタマ（宇都志国玉神）という別の名があった。その五つの名のうちの中核になる名前がオホナムヂであり、そのオホナムヂがさまざまな試練を受け、それを克服して地上の王オホクニヌシとして君臨するという流れが中心をなしている。身に受けた苦難を自らの力で乗り越えて立派な男になるという成長物語は、少年を主人公とした物語の典型的な様式だと言ってよい。その幹に、さまざまな枝葉がついて、出雲神話は構成されている。

本章で読むのは、その幹と枝葉と根っこである。そのようにしてでき上がった地上世界を眺めていた高天の原の神アマテラス（天照大御神）が、地上はなんてすばらしい国だ、これは自分の子どもが支配すべきところだと言い出し、次々に遠征軍を派遣して地上を奪ってしまうというのが、いわゆる「国譲り神話」である。そこで詳しく述べるが、国譲りということばにはある種の誤魔化しがあって、内実は、れっきとした侵略であり制圧である。しかし、それは先の話題であり（第六章）、まずはオホナムヂの冒険物語を読む。

このオホクニヌシには、兄君と弟君とをあわせると八十(やそ)あまりの神がみがいて、互いに競っていたが、みな、国はオホクニヌシにお譲り申した。その譲ったわけというのは……。

「その譲ったわけというのは……」は、原文では「さりしゆゑは（所以避者）」とある。そしてその結びは、いくつもの試練が語られたのちに（原文で一〇〇〇字以上もあと）、地上にもどったオホクニヌシが、「その生太刀(いくたち)と生弓矢(いくゆみや)とをもって、八十(やそ)の神がみを追い払い遠ざけ、坂の尾根ごとに追いつめ、河の瀬ごとに追い払(はろ)うて、はじめて国を作りたもうた」というところである。そのあいだに、オホナムヂという少年が、稲羽のシロウサギや八十神(やそがみ)、根の堅州(かたす)の国のスサノヲからさまざまな試練を与えられ、それを克服したのちにスサノヲの祝福を受けてオホクニヌシ（立派な国のあるじ）となって地上を治めるという大きな流れをたどる、オホナムヂの成長物語が語られてゆくのである。

オホナムヂの名は立派な（オホ）大地（ナ）の男（ムヂ）という意味で、その大地の少年が立派な国の主（オホクニヌシ）へと成長する。ただし、そのクニというのは、国家というよりは部族共同体的な性格をもつクニとみたほうがいい。また、オホナムヂのナは古事記の原文には「穴」の字が使われており、立派な穴とみなし火口を意味するという解釈もある。伯耆大山などを連想させる興味深い解釈であり、出雲国風土記でも「大穴持神」の表記をもつところから、「穴」のイメージも捨てがたいが、別名の「アシハラ（地上）ノ（の）シコ（強い）ヲ（男）」や「ウツシ（現実の）クニ（国土）タマ（魂）」のほか、『播磨国風土記』や『万葉集』に出てくる「大汝命」の表記などからみて、ナは大地を原義としてもつと解しておきたい。

オホナムヂは冒険の末にオホクニヌシとなって地上を統治するが、のちには高天の原の神がみに制圧されて地上の統治権を奪われてしまう。そして服属を誓って社に鎮まるのだが、その鎮座をオホクニヌシの死と考えることもできる。このようなかたちで、誕生から死（終息）までが一代記のように語られるのは、古事記のなかでは、オホクニヌシと中巻に登場するヤマトタケル（倭建命）のふたりしか見当たらない。どちらも最期は悲劇的なかたちで終わるのだが、そういう点でも、古事記を象徴する主人公のひとりである。

稲羽のシロウサギ

まずはオホナムヂの冒険の最初に語られる稲羽のシロウサギの物語を読んでみる。

その八十神は、みな、稲羽のヤガミヒメ（八上比売）を妻にめとりたいと思うていて、もろともに稲羽の国に出かけて行った。その時に、オホナムヂに袋を担がせ、いやしいお伴のひとりに加えた。そして、気多の岬に到った時、皮を剝がれた裸ウサギが臥せっていた。

そこで八十神は、そのウサギに、

「汝することには、前の海の塩水を浴び、風に当たり吹かれて高い山の尾根の上に臥せっていろ」と言った。

それで、そのウサギは八十神の教えに従い、臥せっていた。すると、その塩が乾くとともに、その身の皮がすべて風に吹かれて乾き裂けた。そのために、痛み苦しんで泣き臥せっていると、はるか後れて来たオホナムヂ（大穴牟遅神）が、そのウサギを見て、言うことには、「どうして汝は泣き臥せっているのか」と。するとウサギが答えて、言うことには、……

八十神というのはたくさんの神という意味の普通名詞で、主人公オホナムヂの兄弟たちとされている。年上の者も年下の者もいるということになるが、構造としては兄弟対立譚になっている。したがって、ここでは、八十神というのは固有名詞のかたちでオホナムヂの対立者として設定された兄神として読めばいい。そして、その八十神が、傷ついて倒れていたウサギに嘘を教え、ますますひどい状態にしてしまう。そこに登場したのが弟オホナムヂで、会うとすぐに理由を聴く。そういえば八十神はウサギを見たとたんに一方的に指示をだす。その対応の仕方に両者の違いが示されているとみてよい。オホナムヂは、ウサギと対等に交わろうとするのである。そのために、ウサギは身の上を語ることができる。

わたしはオキの島に住んでいて、こちらに渡りたいと思っていたのですが、渡るすべがありませんでした。そこで、海に棲(す)むワニ（和迩）に言うことには、「わたしと君たちと、どちらが族(うから)が多いか少ないかを数えてみないか。そのために、君は、その族のありったけを連れて来て、この島から気多の岬に至るまで、みな並び伏して連なってくれ。そうすれば、わたしがその上を踏んで、走りながら数え挙げて渡ろう。それで、わが族と君たちと、どちらが多いか知ることができよう」と。

こう言うと、ワニがだまされて並び伏した時、わたしは、その上を踏みしめ、数えながら渡って来て、今まさに地に下りようとしたその時、わたしが、「君たちはわたしにだまされたんだよ」と、そう言い終わるやいなや、もっとも端に伏していたワニがわたしを捕まえ、ことごとくにわが衣を剝いでしまいました。

そのために泣き患っていると、先に行かれた八十神さまが、侮り告げて、「海の塩水を浴び、風に当たって臥せよ」と。そこで、教えの通りにしたところ、わが身はすっかり傷ついてしまいました。


原文には「僕オキの島にあり（僕在淤岐嶋）」と語りだされる。そして、引用した部分は「僕」という漢字を用いて、ずっと一人称で語られている。この部分は、ウサギによる一人称語りになっているのである。アイヌのカムイ・ユカㇻ（神謡）を思い出させるような、大変興味深い表現をとって、ウサギが自分の物語を語っていく。そして、そのあとは、また元の文体にもどって三人称視点の語りになり、物語は解決へと向かう。

ここにオホナムヂは、そのウサギに教え告げて、

「今すぐに、この河の水門(みなと)に行き、水で汝の体を洗い、すぐさま、その水門のあたりに生えている蒲(がま)の花を取って敷き散らして、その上に横たわり転がっていれば、汝の体は元の膚(はだ)のごとくにかならず治るだろう」と言う。

そこで、教えの通りにすると、その体は元のとおりになった。これは、稲羽(いなば)のシロウサギ（素菟）である。今に至るも、ウサギ神という。

そこで、そのウサギはオホナムヂに、「あの八十神は、きっとヤガミヒメを手に入れることはできないでしょう。袋を担いではいらっしゃるが、あなた様が妻になさるでしょう」と申し上げた。その通りヤガミヒメは、八十神に答えて、「わたくしは、あなた方のお言葉をお受けすることはできません」と言った。

全体は、お伴であった袋かつぎのオホナムヂがお姫さまを手に入れる、そのようなおとぎ話と呼んでもいいようなかたちでこの神話は語られている。

稲羽の国

出雲神話のなかには動物がしばしば出てきて、人間と同じように会話をする。一般的に神話では、神がみの物語としてははっきりと神は区分され、人や動物は登場したとしてもそこに対等なかたちで絡むというような語られ方はしない。あくまでも神だけが活躍するというのが神話なのだ。ところが出雲神話だけは語り方が違っており、動物が突然話しだしたり、何か大事な役割を果たしたりする。貝の化身のような女神も登場する。

少年オホナムヂが立派な王になっていく成長物語の発端に置かれたこの話は、ウサギによる一人称自叙を挟み、八十神とオホナムヂの旅を語りながら、両者の対立をモチーフとして語られる。八十神たちは稲羽の国のヤガミヒメの許(もと)へ求婚のために出かける。求婚するということは、すでに成人しているということを意味しており、対するオホナムヂは少年だから求婚に行くわけではなく、荷物持ちという役割を与えられている。それゆえに、最後の場面でヤガミヒメは八十神の求婚を拒否するが、オホナムヂとその場で結婚するわけではない。実際に結婚するのは根の堅州の国からもどって八十神たちを倒して地上を領有したのちのことになる。つまり、成長して一人前の大人になって結婚するのである。

戦前の尋常小学国語読本（国定教科書）に載せられた「白ウサギ」をみると、その挿絵には袋を担いで髭もじゃのオホナムヂが描かれているが、まったく神話を読めていないからこういうことになる。大事なのはオホナムヂが少年だということだ。

その少年オホナムヂがお伴をして出かけて行くのは稲羽の国。律令では因幡と表記するが、古事記では稲羽という漢字を用いている。稲羽の国は、出雲から行くと伯伎（伯耆）を通過した先、鳥取県の東半分にあたる。その国に求婚に出かけるというのは、出雲側にとっては、稲羽の国そのものを手に入れることを意味している。ヤガミヒメのヤガミというのは因幡国八上郡という地名を背負う名だが、そこからはこの女神が土地を象徴した女であり、結婚が土地の領有を意味しているということがわかる。

少し寄り道をしておくと、万葉集に、施基(志貴)皇子(天智天皇の子)の孫の安貴王の歌があり（巻四・五三四、五三五番）、その左注によると、「(安貴王が）因幡国の八上采女を娶りて、係念極めて甚しく、愛情もっとも盛りなり。時に勅して不敬の罪に断め、本郷に退却しむ」とある。天皇のもとに出仕する采女に手を出すのは禁忌であり「不敬罪」となる。そのために、王は罰することができず女性のほうが国許に返されてしまったのである。その八上采女というのは、まさにこの神話のヤガミヒメの末裔であり、八上郡の豪族の娘の名がヤガミヒメだということを表している。

裸のウサギ

ウサギは、稲羽の国に行く途中の気多の岬にいた。原文では「裸菟（ラト）」とある。文字通り裸で、皮を剥がれて赤むけになった状態だと考えられる。日本霊異記に、ウサギを捕まえて皮を剝いで野に放すのを趣味にする男が出てくるが（上巻第一六縁）、そしてもちろん男は仏罰を受けて死ぬのだが、皮を剝がれたウサギが生きていられるとは思えない。ただ、お話の世界では連想しうる範囲にあるということはできよう。その痛そうな裸ウサギが倒れていた。そこに兄たちがやってきて、海に行って塩水を浴びて風のよく当たるところで臥せっていると治ると嘘をついた。

八十神たちはウサギに会うなり、こうしろと命令する。それに対して、オホナムヂは泣いているウサギに出会い、どうして泣いているのかを尋ねる。そこに大きな違いがある。会話が成り立っているかどうかということだ。初対面ならまず挨拶からというのがマナーだとすれば、兄たちはまったくマナーがなっていない。それに対してオホナムヂは積極的に相手とつながりをもとうとしている。最初から遮断された関係と、つながりをもとうとする関係という点で、兄たちと弟オホナムヂとの違いが鮮明に表されている。

ここで、両者は試されていると言えるかもしれない。つまり、外の世界とつながることができるか、できないか。兄たちはそれができなかった。最後に種明かしされるように、ウサギはただのウサギではなく、神様であった。そこから考えると、兄たちは、最初の出会いに失敗したのだ。

ウサギが兄たちの言うとおりにしたために、皮を剝がれたあとのうす皮も裂けて血が流れるようなひどい状態になってしまう。そこにオホナムヂが袋を担いでやってきた。こういう小さくて、少々とろい感じがするというのは、ある種のお話の主人公にはよくみられる語り口である。物語の主人公は、そのように語られることによって、そのあとの逆転を可能にする。そうでなければ、大きな者・強い者と、小さな者・弱い者との逆転はありえない。そして、オホナムヂが泣いている理由を尋ねると、ウサギは身の上を語りだす。

オキの島は、日本海に浮かんでいる隠岐説と、単に沖にある島説とがあるが、どちらでもかまわない。沖というのは海の奥のほうという意味。水辺、海岸に近い「へ（辺）」の対になる沖の、海の向こうにある島、それがオキの島だ。そこからこっちに渡りたくなったというのが海に住むワニをだまそうとした理由だと語られている。

この話は他の出雲神話同様、日本書紀には存在しないが、ただ一つ、『塵袋』（鎌倉時代成立）という書物に「因幡ノ記」からの引用として載せられた話に出てくる。そこには、因幡国高草郡にあった竹林の中に住んでいた「老タル兎」が、ある時、洪水で竹原ごと流されて「オキノシマ」に漂着したと語られている。そのために元の土地にもどりたくてワニをだましたと説明されており、ワニをだます理由に必然性が与えられている。この「因幡ノ記」というのは因幡国風土記のことで、土着の伝承が伝えられていたとみる説も存するが、どこまで古く遡る話かについては判断できない。ただ民間伝承のなかには、陸のものと海のものとの対立葛藤譚というのは普遍的なかたちで伝承されており、この系統のウサギ（シカやキツネなど）とワニ（カメやスッポン、シャチなど）の話も、インドネシアから北東アジア沿岸部まで、場合によってはアメリカ大陸まで広く伝播していることが指摘されており、日本海沿岸地域に、この種の話が古くから伝播していた可能性は十分にあるとみていい。

陸のものと海のもの

ウサギの相手となる海の動物ワニだが、古代日本語では、サメをいう語である。サメは西日本ではフカと呼ぶことが多いようだが、種類が多く、どれか特定のサメをさしているとはいえない。神話ではワニは海の神が人の前に現れるときの姿として語られる。たとえば、天皇家の祖先神につながる、ウミサチビコ（海佐知毘古）とヤマサチビコ（山佐知毘古）の話、本名はホデリ（火照命）とホヲリ（火遠理命）というが、そこにも、海の神はワニの姿をとって現れる（第七章）。その場合のサメはシュモクザメが形態からしてふさわしいと思うのだが（頭が撞木の形なのでシュモクザメという）、すべての海の神がシュモクザメだとは言い切れない。

対立葛藤譚にもどれば、この系統の話はどれも知恵比べの話だ。「知恵があるウサギ＝陸のもの」と、「無知なるワニ＝海のもの」との競争というかたちになる。イソップのウサギとカメの場合は、ウサギが競争に負けるが、あの話は寓話として語られているからそうなるのであって、基本的なかたちは、人間が所属している「陸のもの」が勝つ話になる。おそらく、この神話の場合も、ウサギとワニだけが登場するかたちであれば、ウサギはまんまと島から無事に渡りきったはずだ。ところがこの話の主人公はオホナムヂなので、ほんとうなら勝利者になるはずのウサギが脇役になってしまう。そのために、ウサギはワニに魂胆を見破られて失敗するという話に組み立てられている。このことは、次のように言い換えることができるだろう。

ウサギとワニによる対立葛藤譚は、民間伝承として独立したかたちで存在した。その話が、オホナムヂの冒険譚のなかの一つのエピソードとして組み込まれることになり、その段階で、ウサギが失敗し皮を剝がれ、そのウサギをオホナムヂが治療するという、オホナムヂを優位とする話になったのだ、と。

一つ付け加えると、ウサギはしばしば知恵のあるトリックスターとして神話では描かれる。それは日本だけのことではなく、世界的な共通性と言えよう。おそらく、耳が大きいこととかかわっているらしい。神（あらゆる自然）の声を聞くことができる「耳」をもつと考えられていたのではないか。また、原文では、最初は「裸菟」とあり、途中には「兎（菟）」としか出てこないが、最後にウサギの正体を明かすところでは「素菟」と表記されている。裸菟は「あかはだかのうさぎ」と読めるだろうが、素菟は「しろうさぎ」と読まれている。ほかに読みようがないこともあるが、素という漢字には「白」という意味があるためである。素とは、何も加工されていない、もとのままの状態を表すところからシロと読む。しかし、稲羽のシロウサギという読みには疑問がないわけではない。

日本列島では、東北地方の野ウサギは、冬毛は保護色になって白くなるが、西日本のウサギは茶色のままである。この話の舞台は稲羽の国なので毛は白にはならない。ただし、ここに語られているウサギはただのウサギではなく神のウサギである。動物神は、シカでもイノシシでもヘビでも、神話ではみな白である。動物学的にはアルビノだが、神話では神の動物であり、このウサギもそのように考えれば、中国地方の野ウサギを持ってきて白にはならないと主張してみてもあまり説得力はない。

巫医（メディカル・シャーマン）

話を聞いたオホナムヂは、ウサギに傷ついた膚の治療方法を教える。体を真水でよく洗って塩気をとり、蒲の花を敷いて横たわっていたら治るというのである。蒲の花というのはいわゆる蒲の穂だが、蒲の穂はフランクフルトソーセージのような部分が雌花、その先の棒のようになっているところが雄花で、その雄花の花粉が血止めや血行促進の薬として利用されていたのである。漢方薬の一種で、古代律令王権の典薬寮という役所では、全国から蒲黄（ほおう）と呼ばれる蒲の穂を集めて薬を造っていた。

このことから考えると、けがの治療方法を知っていたがためにオホナムヂはウサギを助けることができた。それは、オホナムヂがただの少年ではなく、治療の知識を身につけていたからだということになる。それゆえに、八十神を差し置いてヤガミヒメを手にすることができたのである。ここに、オオナムヂの巫医性を認めることができるだろう。

巫医というのはメディカル・シャーマンのことで、呪術的な力で病気を治す医療を施す者をいう。われわれにはインチキ医者のように見えるかもしれないがそうではない。さまざまな薬草の知識や言い伝えられた治療方法によって医術をほどこすことができなければ、呪術的な力は発揮できない。それが巫医なのであり、未開社会の王はそうした力をもっているのが条件だといえる。何らかの意味で、王はシャーマニスティックな力をもたなければならない。

部族的、共同体的な社会における王の資格の一つが医療技術だと言うことができる。そしてオホナムヂは、蒲の花を使って血止めをするという具体的な医薬知識をもつことがウサギへの対処によって証明された。それに対して八十神たちは何も知らず、嘘をついてウサギを苦しめた。ウサギによる「あなたが妻になさるでしょう」という託宣とも言える宣言は、オホナムヂの王としての資格の確認だったとみてよいのである。

このように考えると、ウサギは最初から、八十神とオホナムヂを試そうとしていたことになる。普通のウサギのふりをして二人を試したのだ。オホナムヂが、初めからそれを知っていたというわけではなかろう。ウサギによる試験によって、オホナムヂのもつ力が引き出されたと考えたほうがよい。もちろん、神であるウサギは、はじめからそれを見通していたと言うことはできるかもしれない。

このようにしてオホナムヂは、王になる資格試験の第一関門を突破したというのが、稲羽のシロウサギという神話がここに置かれている理由である。そして、このあとに試練はまだ続くのである。

第二の試練

ウサギを助けたオホナムヂには、すぐさま次の試練が待ち受けている。

それ（オホナムヂと結婚したいというヤガミヒメのことば）を聞いた八十神は怒(いか)りくるい、オホナムヂを殺してしまおうと皆で話し合い、伯伎(ははき)の国の手間(てま)の山のふもとにオホナムヂを連れて行き、「赤いイノシシがこの山にいる。そこで、おれたちが皆で山の上から追い下ろすから、おのれは下で待っていて捕まえろ。もし、待ち獲(と)ることができなかったならば、きっとおのれを殺してしまうぞ」と言い、火でもって、イノシシの姿に似せた大きな岩を真っ赤になるまで焼いて、それを山の上から転がし落とした。そこで、言われたとおりに、追い下ろされた赤いイノシシを待ち獲ると、そのまま、焼けた岩に押しつぶされて、オホナムヂは死んだ。

ここに、その御祖(母)が哭き悲しみ、すぐさま天に参り上り、カムムスヒ(神産巣日之命)にお願いした。するとすぐさま、キサカヒヒメ(𧏛貝比売)とウムカヒヒメ(蛤貝比売)とを遣わして、作り生かさせた。

そこで、キサカヒヒメが削り集めて、ウムカヒヒメが待ち受けて、母の乳汁として塗りつけると、うるわしい男になって出歩いて遊びまわった。


八十神たちは、せっかく求婚に行って手に入れようとしたヤガミヒメを、袋かつぎのオホナムヂに奪われて怒り心頭となり、なんとしてでもオホナムヂを殺そうということになった。それで、伯伎の国までもどると、手間山のふもとに行ってイノシシ狩りをする。おれたちが皆で山の上から追い下ろすから、おのれは下で待っていて捕まえろと言って、まんまとだまして真っ赤に焼いた岩を転がし落とした。

これは、巻狩りという集団での狩りのさまを連想させる。勢子と射手がいて、追い込む者と射る者にわかれ、ふつうは、谷から山の上に追い上げて、射手が隠れているところへおびき寄せて仕留めるが、ここでは、巻狩りの逆で上から下へとイノシシを追うかたちになっている。石を落とすのだからしようがないが、ふつうの巻狩りでは危険性をともなうからあまりやらないだろう。そして、突進してくるイノシシをオホナムヂは受け取ってしまう。それがじつは真っ赤になるまで焼いた大岩だった。オホナムヂは押しつぶされ、焼けた石にへばり付いて死んでしまう。英雄は死んでも生き返るという不死身の力をもつ。そして、案外簡単にだまされて危機に見舞われるのが英雄でもある。

母と女たち

オホナムヂの母神は、わが子の変わり果てた姿を見て嘆き悲しんだ。系図5（一一六頁）にはサシクニワカヒメ（刺国若比売）という名前がみえるが、物語では「母」としか出てこない。系譜部分と神話とが元から一体化していたわけではないし、ここは、母とさえあればそれでいいのである。そして、こういう場面では決して父親は出てこない。どうしても母の力が必要なのである。とくにこの場面は次に出てくるカムムスヒ（神産巣日命）も含めて母が強調されているとみてよい。母の力が、この神話ではずっとつながっていく。全体的に、出雲神話は母系的な性格がとても強いといえる。

実の母のほかに、もうひとり助けてくれる御祖(みおや)がいて、それがカムムスヒである。死んだわが子を見つけた母は、すぐさま天に飛び昇ってカムムスヒにお願いしたとある。原文では「天に参ゐ上(ま)りて（参上于天）」とあるだけで高天の原とは書かれていないが、みな、高天の原のことだと理解している。そこが本当に高天の原でいいのか、前にふれたことだが、疑ったほうがいいとわたしは考えている。「天」と書いてあるだけで、高天の原とは書かれていない点も重要だ。

第一章で取りあげた冒頭の神話では、カムムスヒはアメノミナカヌシ（天之御中主神）・タカミムスヒ（高御産巣日神）とともに高天の原に最初に現れた神である。しかし、そのあとの神話では、カムムスヒは高天の原やタカミムスヒと関連づけられることはほとんどなく、海のかなたとつながり、出雲の神がみとの関係を濃厚にもっていることが明らかになる。そのことは、五穀の起源神話でもふれた通りだ（第三章）。しかも、母神（祖神）的な性格がきわめて強く、出雲の祖神のごとくに行動する。カムムスヒは、出雲の祖神、祖先神であり、その本拠は海のかなたにあったと考えるのが正解だと思う。そのことは、この神話からも指摘できることである。

母がカムムスヒに懇願すると、カムムスヒは、キサカヒヒメ（蚶貝比売）とウムカヒヒメ（蛤貝比売）という女神を派遣してくれる。ウムカヒ（ウムギとも）は蛤のこと、キサカヒは赤貝のことをいう。赤貝は殻が白く、深い溝がついている。ギザギザになっているので、キサカヒという。そのギザギザになった貝の女神と、汁が豊富な蛤の女神がオホナムヂを生き返らせてくれる。

このあたり、原文がずいぶん簡略（というかことば足らず）で理解が及ばないところがあるのだが、本文を意訳しつつ解釈すると、キサカヒヒメが、焼けただれて岩にへばり付いているオホナムヂの体を、殻を箆のように使って岩から削り取り、それを受け取ったウムカヒヒメが塗りつけたものが、蛤の汁を母の乳汁として、ということは、蛤の汁と母乳とを混ぜ合わせていると読むべきだと思うのだが、それにもう一つ、キサカヒヒメがガリガリと削った貝殻の粉（カルシウムの粉）も加え、それら三つを混ぜ合わせてできた白い練り薬を、オホナムヂの火傷を負った体に塗ったのである。すると、オホナムヂは難なく生き返り、元のとおりの立派な男になって遊び歩いた。

ここで作られた塗り薬が実際に火傷の薬として使われていたかどうかはわからないが、先の蒲の花と同様に実際に使われていそうな薬だとはいえる。そして、派遣された貝の女神によって発揮された女神の力と、チ（乳）に象徴される母の力とが合わさることによって、オホナムヂは生き返ったのである。このように、オホナムヂの援助者が、女たちであり母であるのは、少年はそのようにして肉親の女たちの力を受けて成長すると考えられているからだ。成長した男がこのような状態であれば頼りなくてしようがない。

古事記ではカムムスヒと派遣された女神との関係を何も説明していない。ところが出雲国風土記をみると、二人の女神は、ともにカムムスヒ（神魂命）の女と伝えている。キサカヒヒメは出雲国風土記ではキサカヒメ（支佐加比売）とあって嶋根郡加賀郷の条に、「御祖神魂命の御子、支佐加比売」とある。この女神は、加賀の潜戸と呼ばれる洞窟を矢で射抜いて貫通させたという神話をもち、佐太（佐田）大神の母と伝えられている。一方、ウムカヒヒメは出雲国風土記では「神魂命の御子、宇武賀比売」（嶋根郡法吉郷）とあり、この女神は、法吉鳥（ウグイスのこと）になって飛びきたりこの地に鎮座したと語られている。

出雲国風土記の事例から考えると、古事記のキサカヒヒメとウムカヒヒメも、カムムスヒの娘であったと考えてよいだろう。そうでないと、なぜ派遣されるのかという理由がわからない。また、二人の女神が貝の女神であるということから考えると、その母神カムムスヒが「天」あるいは高天の原にいるというのはますます不自然なことになる。そこから考えると、カムムスヒが海あるいは海のかなたに住む女神（祖神）であるという想定は、揺るぎないものになるのではないか。また、古事記では、天（高天の原）とカムムスヒの結びつきを保とうとして、貝の女神を娘とするのを回避したと考えていいのかもしれない。

もう一つ、「母の乳汁」について付け加えておく。

母が子を育てる母乳は古代では「ち（乳）」という一音であらわされる。音を重ねたチチという語は幼児語である。古代社会では、赤子は母の乳でしか育てられないわけで、乳は母の象徴となる。しかも乳は、直接母から赤子へと流入するという意味で、視認できるつながりがある。それゆえに、育てる／育てられるという親子の絆は、ほかのだれもが介入できない母と子との関係を生み出すのである。

決して男はそこに入れない。白いチ（乳）も出ない。それゆえに、代替物として赤い「チ（血）」つまり血縁といったことを強張しようとする。しかし、その血のつながりは、白い「チ（乳）」にはまったく並びようがない。具体性はどこにもなく、つながりを見ることもできない血の関係は幻想でしかないからである。男の悲哀といったものは、ここから始まっている。

三度目の試練

同じような出来事を繰り返しながら物語は展開する。語りというのはそのようにしてでき上がっていくのである。

ここに、それ（生き返ったオホナムヂ）を見た八十神は怒って、またもや騙して山に連れて行き、大きな樹を切り倒し、割れ目に楔を打ち込んでその中に押し込めるやいなや、楔をはずして挟み殺してしもうた。

するとまた母神が現れて、哭きながらわが子を探すと押し潰されているのを見つけ、すぐさまその木を裂いて取り出し活かして、その子に告げて、「あなたはここにいる限り、いつかは八十神に滅ぼされるでしょう」と言い、すぐに、木の国のオホヤビコ（大屋毘古神）のもとに遣わした。

三度目は、大きな樹を切り倒して真ん中に割れ目を入れ、楔をその切れ目に打ち込んでできた隙間にオホナムヂを押し込み、楔を抜いて挟み殺してしまう。すると今度は、母みずからが大木を二つに裂いて、挟まれていた息子を引きずり出した。そうやって、彼はまた救われた。そして母は、このままだと本当に死んでしまうからと言って、オホナムヂをオホヤビコ（大屋毘古神）の許に逃がすのである。

木の国は現在の和歌山県。律令の表記では紀伊国と書く。それにしても、遠く隔たった木の国になぜわが子を逃がそうとするのか。オホヤビコとオホナムヂの母とのあいだにどのような関係があるというのか。この神話に限らず、古代の伝承をみていると、木の国（紀伊国）と出雲国とはつながりが深い。そして、そのつながりは、陸の道ではなく、海の道によってこそ想定できる。船による交流が、遠く隔たったようにみえる二つの世界をつないでいる。それが古代の道だったのだと思う。

オホヤビコは、その漢字からみて大きな建物の神とみてよい。イザナキ（伊耶那岐命）とイザナミ（伊耶那美命）とのあいだに生まれた神のなかに、同じ名の神が出てくる（三八頁、系図2）。しかし、そうだとすると、なぜここに出てくるのか、説明できない。同じ名前をもちながら別の神格とみられる神はいるので、オホヤビコも必ずしもイザナミの生んだ子であるとは言い切れない。意味は「オホ（大）ヤ（建物）ヒコ（男神）」であり、「木」の国にふさわしい神名である。

現在、和歌山市伊太祈曽の地に鎮座する伊太祁曽神社に五十猛命が祀られており、そのイタケルをオホヤビコであると神社では伝えている。この神は古事記には出てこないが、前章で紹介したように、日本書紀ではスサノヲ（素戔嗚尊）が高天の原から追放された時に、いっしょに降りてきた子とされている（第八段第四、第五の一書）。ただし、そこにもオホヤビコの名はなく、イタケルとオホヤビコが同一神であるとする根拠は見つからないのだが、伊太祁曽神社の伝えのように考えると、オホナムヂの母神がわが子を木の国に向かわせた理由は納得しやすい。

古事記にはイタケルの名はどこにも出てこない。しかし、そのような伝えがあるということは、なんらかのかたちでスサノヲとオホヤビコとのあいだにつながりがあったのではないかと考えられるのである。

ところがどこで聞きつけたものか、八十神たちはオホナムヂを求めて木の国まで追いかけて行き、弓に矢を番えながらオホナムヂを出せと迫る。するとオホヤビコは、「木の俣」からオホナムヂをこっそり逃がし、「スサノヲの坐す根の堅州の国に向かいなさい。かならずやその大神がよき議りごとを考えてくださるでしょう」と言うのであった。

その教えにしたがって、オホナムヂは木の俣に入っていった。

根の堅州の国

オホナムヂは、オホヤビコの教えにしたがって木の俣に入り、そこから根の堅州の国に行った。その場面は、「そこで、教えられたままにスサノヲの御所（みもと）に参り到ると、……」と記されているだけで、具体的にどこを通ってどのようにして根の堅州の国に行ったのかはわからない。ただ、木の俣から入るというのだから、当然、下のほうに行って木の根の先のほうから地面の中に入っていくしかなかろう。そうすると根の堅州の国に着く。ということは、人文神はその身を大きくしたり小さくしたり自在に変えられるらしい。

ネ（根）は根っこのネで根源の世界というような意味だろう。カタスは固い砂とか片隅とか解釈されるがよくわからない。日本書紀では「根の国」としか出てこないのでネという語が大事であるのは間違いない。そして、根の堅州の国は、地面の中に入っては行くが、黄泉の国のように地中にある暗黒の世界というのではなく、もっと明るい世界のように映る。草原があって、ネズミやハチやムカデも棲んでいる。

わたしがこの神話を読んで思い浮かべる風景は、海に囲まれた島である。大海の中に浮かぶ孤島、それは奄美や沖縄の人びとが考える原郷的な世界、自分たちの遠い祖先の故郷であり、死者の魂が集い、そして新しい生命がそこからやってくる、穢れや幸いなどあらゆるもののいますところ。ニライカナイとかニルヤカナヤ、ニーラスクなど島ごとに別の名で呼ばれるが、水平線のかなたにある魂の原郷、そうした世界が根の堅州の国だと考えるとわかりやすい。

死者の魂が向かう世界という点では黄泉の国と重なる部分があるが、黄泉の国には生命を育むという性格がない点で大きく異なっている。ニライカナイというのは、死も誕生もあらゆる生命の根源として意識され、水平線のかなたに幻視されるのに対して、黄泉の国というのは垂直的に降下した地下にある暗黒世界として認識される。そこは、高天の原という天空世界と対称化された世界であるのに対して、水平的な世界である根の堅州の国は、高天の原的な世界と黄泉の国的な世界とを包含したような世界として存在すると考えるのがよいのだと思う。それがおそらく、この列島に住んだ人びとの古層の異界観であったということができる。

新しい力を蓄えて再生するという根の堅州の国のあり方は、このあとのオホナムヂの冒険神話を読んでいけば納得していただけよう。そして、恐ろしいものも呑み込んでしまうという部分に関しては、大祓（おおはらえ）の祝詞を読むと理解できるはずである。大祓というのは、地上に生じたあらゆる罪や穢れをすべて祓い去り浄化するために行われる祭祀だが、古代の宮廷では六月と十二月の晦日に行われ、そのときに唱えられるのが大祓の祝詞である。『延喜式』という書物に古い祝詞が伝えられているが、現在でも祭りの前に神官が祭場を清浄にするのに大祓の祝詞を唱えている。その内容はおおよそ次のようなものである。人が生活するなかで身についた、あるいは生じた、地上のすべての罪や穢れは、川に流される。そして、その罪や穢れは川を流れて海に行くのだが、まずは川の瀬にいますセオリツヒメ（瀬織津比咩）が大海原まで持っていってくれる。すると、海の潮目がぶつかるところにいますハヤアキツヒメ（速開都比咩）という神が、その罪や穢れをがぶがぶと飲み込み、次には、気吹戸と呼ばれるところ（潮を吹きだすところということか）にいますイブキドヌシ（気吹戸主）という神が「根の国・底の国」に吹き祓ってくれ、それを、根の国・底の国にいますハヤサスラヒメ（速佐須良比咩）という女神が「持ち佐須良比失ひてむ」と、大祓の祝詞は唱えている。

川から海へ、海から根の国・底の国へと行った罪や穢れがいつの間にやら無くなってしまうというのは、日本人の垂れ流しの思想を象徴するようでいささか恐ろしくもあるが、そのようにしてあらゆるものを受け入れ、浄化し再生するリサイクル工場のような場所として、根の国・底の国は存在する。それがスサノヲの領する世界として古事記に語られる根の堅州の国であったのである。

この祝詞をみると、根の堅州の国(根の国・底の国)と奄美や沖縄のニライカナイとの近似は、納得できるだろう。柳田國男は「根の国の話」という論文のなかで、両者の共通性を論じており、折口信夫も「妣(はは)が国へ・常世へ」という論文で、妣の国が日本人の原郷的な世界、つまり魂の故郷としてあったことを論じている。

スセリビメとの出会い

オホナムヂが根の堅州の国に着いて最初に出会ったのはスサノヲの娘スセリビメ(須勢理毘売)であった。ふたりは出会ったとたんに惹かれ合い、そのまま結ばれたと語られている。古代の神話を読んでいると、まどろっこしい手続きなどなしに出会うとそのまま結婚するという語り方にしばしば出会う。原文は「為目合而相婚(まぐはひしあはして)」とあり、マグハフは目と目を交差させるのが原義とされるが、それに関する疑問は第一章で述べた(三四頁)。より直接的に男女の交合をいう語で「まく(巻、枕)」あるいは「まぐ(求)」から派生した語ではないかと思う。

いずれにしろ、ふたりは出会った途端に結ばれ、そのあとで家に入ったスセリビメは、父スサノヲに「たいそううるわしいお方がいらっしゃいました」と事後報告する。それを聴いたスサノヲは、外に立っている男をみて、「こやつはアシハラノシコヲ（葦原色許男）というやつよ」と言って家のなかに入れる。ここのアシハラ（葦原）は地上をさす語、シコは醜の意で、原義は威力のあることをいうほめ言葉。オホクニヌシの亦の名の一つとして系譜には記されるが、別名というよりは愛称に近く、オホナムヂのことを地上以外の場所から呼ぶときの言い換えのようにして神話のなかでは使われている。したがって、あとに出てくるヤチホコ（八千矛神）のように、アシハラノシコヲという名が単独で古事記の神話で語られることはない（播磨国風土記には独立した神名として出てくる）。

スサノヲは、訪れた男の素性を見破ると家のなかに呼び入れ、「蛇の室（むろや）」に寝かせる。そこは、蛇がうじゃうじゃと這い回るおそろしい部屋であった。ということは、スサノヲは、やってきたオホナムヂを歓待するのではなく恐ろしい目に遭わせるのである。これは、昔話などで、娘の聟となる（なった）男にさまざまな試練を課して男の知恵や力量を験（ため）すのに似た語り口である。その時、娘が機転を利かせて男（聟）を助けたと語る場合が多いように、この神話でも、スサノヲの課した試練を回避できるのは、スセリビメの援助によってであった。スセリビメは、「蛇の比礼（ひれ）」をオホナムヂに渡し、「もし、その室の蛇どもがあなたを咋（く）おうとしたならば、この比礼を三（み）たび振ってうち払いなさい」と教えるのである。お蔭で、オホナムヂは無事に夜を過ごすことができた。

比礼というのはスカーフのように首にかける長い布で、ヒラヒラするから「ひれ」という。空を飛ぶ天女が首にかけているのも比礼（領巾）で、比礼はシャーマンが身につける呪具、神を祀るための道具の一つだ。

朝になって無事に室から出ると、次の晩には「百足と蜂」がいっぱいいる室に寝かされる。当然それも、スセリビメがこっそり渡してくれた比礼でもってやり過ごす。スサノヲの課す試練は、このようにして妻の援助によって克服されるのである。この語り方は、試練の克服としては、いささか軟弱な印象を与えてしまう。自らの力が発揮されることがないからである。ただ、こういうふうには言えるだろう。

女性が現れて、このあとにはネズミが出てきてオホナムヂを助けるというのは、それによってオホナムヂの魅力と能力が示されているのである。他人の力を自らの側に引き寄せる力をオホナムヂはもっているのであり、それもまた王としては必要な資格だと言えるはずだ。しかも、以前は、母や御祖であった援助者が、ここでは妻（恋人）であるという点で、オホナムヂは少年から一人前の男へと成長したということが明らかになる。少年英雄は、そのようにして成長していくのであり、その過程でさまざまな援助者が登場する。

ネズミの援助

すでに何度も出てきたように、語りの世界では三度の試練がお決まりである。そして、その試練は手を替え品を替えて現れることでお話を盛り上げる。蛇の室、百足と蜂の室に寝かされるという二つの試練に続いて三回目に語られるのは、まったく別の試練である。

またスサノヲは、鳴り鏑（かぶら）を大きな野の中に射入れて、その矢を探し採らせようとした。そこで、オホナムヂがその野に分け入るとみるや、すぐさま、まわりから火をつけ、その野を焼きめぐらした。さあ、逃げ出るところがわからず困っていると、ネズミが来て言う。

内（うち）はホラホラ（内者富良富良）
外（と）はスブスブ（外者須夫須夫）

こう聞こえるので、その足元を踏んだところ、落ちて隠れているあいだに、火は焼け過ぎていった。そこへ、そのネズミがその鏑矢(かぶらや)をくわえ持って出てきて奉った。その矢の羽根は、皆そのネズミの子らが喰ってしまっていた。

矢を拾ってこいと言われて野中に突進した途端に周りから火を着けられて焼き殺されそうになる。この展開は、ヤマトタケル（倭建命）が焼津で火攻めに遭うという話を思い出させる。その火難に対して、ヤマトタケルは叔母からもらった剣と袋のなかの火打ち石によって脱出する。こちらのオホナムヂは、野に棲むネズミによって助けられる。ホラホラは洞穴(ほらあな)のホラ、空洞になっていることを示す。スブスブはすぼまっているという意の擬態語で、内側は洞穴、外はすぼまっているよというネズミの教えなのである。そして、大事なことは、オホナムヂは、そのネズミ語を聞き分けることができたということだ。

ただ受け身でネズミに助けられたのではないということに注意する必要がある。オホナムヂがネズミの声を聴いてその意味を理解する、それは、みずからの力によってネズミの声を理解することになるのであり、みずからの行動によって危機は回避されたということだ。そのように自然の声を味方につけることができるというところに、オホナムヂの能力は発揮されるのである。前に、ウサギとのあいだでなされた会話と同じとは言えないが、ここでもオオナムヂはネズミと意思を通じ合わせることができたのであり、そこにもシャーマニスティックな力がはたらいているということになる。

しかも、話としては動物の援助を語る昔話にも通じるような楽しい話になっており、人びとを惹きつける。そうした語りの妙といったものが、この場面にはよく出ている。ネズミの子どもたちが鳥の羽根で作られた矢羽根をかじってしまったというクスッと笑いたくなるようなエピソードを付け加えるのも、そうした流れがあるからだろう。そしてもう一つ、古事記の語りは、というか上手な語りはというべきだが、オノマトペ（擬音語・擬態語）の使い方が上手だ。ホラホラやスブスブが臨場感を演出する。

語りというのは、そのような何気ないひと言によって生き生きとしたものになる。そしてこのような句は、文脈上必須のものではないという意味において、個々の語り手の裁量にゆだねられる部分なのであり、昔話なら、上手な語り手と下手な語り手とを見分ける尺度になる句だと言ってもよい。

まさかオホナムヂが火の中で生きていたとは思ってもいなかった妻（つま）のスセリビメは、夫（つま）は死んだと思って葬（はふ）りのための品々を持って哭（な）きながら野に出で立ち、父スサノヲは、こんどは聟（むこ）も死んだと思って野に出で立ったのだが、そこへオホナムヂが見つけた矢を持って現れ出る。スセリビメが喜ぶのは当然だが、さすがにスサノヲも、今度ばかりは聟の力量を認めるしかない。オホナムヂを連れ帰り、スサノヲの住まう大きな大きな室(むろや)に呼び入れると、おのれの頭(かしら)のシラミを取らせたのである。これもまた、試練の一つではあるが、今までの待遇とはずいぶん違っている。

スサノヲとの対峙

ようやくオホナムヂは、スサノヲに認められたと思って喜んだに違いない。それでオホナムヂが、スサノヲのシラミを取ろうとして頭を見ると、大きなムカデが何匹も這い回っていたと古事記は語る。まだまだ安心はできないのである。ここで、取れと言われたシラミ（虱）がじつはムカデ（百足）だったというのは、スサノヲの体がとてつもなく巨大であることを表しているだろう。

人文神というのは、巨大な体をもつと考えられている節があり、それがこのような描写になって現れる。それはオホナムヂの場合も同じではないかと思う。木の俣を通って根の堅州の国に向かうという語り口には、小さな小さなオホナムヂの姿が思い浮かぶのだが、神は、自在にその大きさや形を変えられるものらしい。

ここにその妻、ムクの木の実と赤土とを持ってきて、こっそりと夫に授けた。そこで、その木の実を咋(く)いちぎると、赤土を口に含んで唾(つば)き出した。すると大神は、ムカデを咋いちぎって唾き出しているとみて、心のなかで愛しい奴だと思って寝てしまう。すると、その神の髪の毛をつかみ、その室のすべての垂木(たるき)に結びつけ、五百人がかりで引く岩を、その室の戸口に運んできて塞ぎ、その妻スセリビメを背負うと、急いで、その大神の生太刀(いくたち)と生弓矢(いくゆみや)、また、その天の詔琴(のりごと)を取り持って逃げ出そうとした、その時、その天の詔琴が樹にふれて、地(つち)も揺れ動くばかりに鳴り響いた。

ここでもオホナムヂは妻のスセリビメに助けられる。しかし、品物を渡され使い方も教えられた比礼の場合とは違い、謎解きのようなかたちでムクの木の実と赤土を渡されたオホナムヂは、その使い方をみずからの才覚で発見するのである。それはネズミの声を理解したのと同じだといえようが、オホナムヂの成長のあとがこのように示される。熟すと黒くなる木の実と赤土を口に入れ、噛んで唾といっしょに吐き出すと、ムカデを噛みちぎって吐き出しているように見える。そのさまを見たスサノヲはすっかり満足して寝てしまうのである。

何ということはないかもしれないが、このようなかたちで次々に繰り出される試練と、それを克服していく主人公のすがたは、コンピューターRPG（ロールプレイングゲーム）と同じくスリル満点の展開である。そして、次々に繰り出される難題を解決しながら先に進んでいくというのは、昔話でもよくあるかたちであり、冒険物語の定番といえよう。そして、その様式は音声の語りが生み出したのだ。眠っている大男のもとから逃げ出そうとしたら、手にした琴が木にふれて大きな音を立てるという展開に、多くの人は「ジャックと豆の木」を思い出すはずだ。この中世イングランドの民話を語った人々が古事記の神話を知っていたというようなことはあり得ないわけで、お話というのはおもしろくしようとすると同じような展開をとってしまうものだということを教えてくれる。その大本に伝播するという問題があるのか、両者は別個に語り出されたのか、にわかには断言できない。しかし、鬼ごっこによって浮かび上がる危機とその回避という展開は、世界中に広がったものだというのは間違いがないし、それがどこからどこへというような単純な経路で説明できるものでもないだろう。

スサノヲの祝福

琴の音を聞いて、寝ていたスサノヲは飛び起きる。すると、髪の毛が垂木という垂木に結ばれていたために大きな室が引き倒されてしまう。ここにも巨大なスサノヲの姿が思い浮かぶし、だれもがその滑稽なさまを頭のなかに浮かべてしまうのではないか。あるいは小人国に漂着したガリバーが気づいて目を開けたら縛られていたというさまと重ねてみてもいい。スサノヲが、倒れた室の垂木の一本一本に結びつけられた自分の髪の毛をほどいているすきに、オホナムヂとスセリビメは、遠く遠く逃げて行ったのである。

ふたりは、地上への通路である黄泉比良坂（よもつひらさか）に到り、あと一息で地上というところまで逃げのびる。スサノヲは、逃げるふたりの姿を遠くから望み見て、オホナムヂに呼びかける。

このオホナムヂが逃げていく黄泉比良坂は、黄泉の国から逃げるイザナキも使った道であり、名前からして黄泉の国と地上とをつなぐ道と考えなければならない。その道が根の堅州の国ともつながっているために、研究者のなかには、黄泉の国と根の堅州の国は同じ世界だとみなしてしまう人もいるが、それは間違いだ。黄泉比良坂は、坂の途中のいずれかに、根の堅州の国とつながる脇道があるのだろうと考えればいいだけのことである。

そのようなつながりが生じてしまうのは、出自をまったく異にする垂直的な地下世界である黄泉の国と水平的な異界である根の堅州の国とが、古事記のなかで並んで語られることによって生じたのだと思う。語りというのは、そのようなご都合主義的なところがいくつもあり、そのようなことに目くじらを立てるのは語りを考える際には無粋なことだ。黄泉比良坂は黄泉の国の通路だが、それは根の堅州の国から来る道ともつながっている。思わぬ抜け道は、RPGにも準備されているではないか。
遠くに逃げるオホナムヂを見やりながら、スサノヲは次のように叫ぶ。

その、お前の持っている生太刀（いくたち）と生弓矢（いくゆみや）とをもって、お前の腹違いの兄弟どもを、坂の尾根まで追いつめ、また、河の瀬までも追い払い、おのれがオホクニヌシ（大国主神）となり、またウツシクニタマ（宇都志国玉神）となりて、その我が娘スセリビメ（須世理毘売）を正妻（むかひめ）として、宇迦（うか）の山のふもとに、底の磐根（いわね）に届くまで宮柱を太々（ふとぶと）と立て、高天の原に届くまでに氷木（ひぎ）を高々と聳（そび）やかして住まえ、この奴（やっこ）め。

最後の「この奴め（是奴也）」は、こいつめといった意味で、年下の者に対して親しみを込めて呼びかけたことばと考えればいい。ようやくスサノヲはオホナムヂを認めたのであり、ここで発せられているのは、王としての承認であり祝福である。

まず最初の部分、太刀と弓矢によって兄弟たちを制圧しろと言っているが、これは、その前に出ていた琴とセットになった、スサノヲのレガリア（神器）である。それらの品物と発揮される力の関係は、

天の詔琴＝祭祀の道具――マツリゴト（祭）
生太刀・生弓矢＝武器――マツリゴト（政）

となり、この三種の神器（二種とみなしてもよい）は、根の堅州の国の主（あるじ）たるスサノヲの力を象徴する。それが、スサノヲからオホナムヂに奪われる（譲られる）ことによって、スサノヲ（根の堅州の国）の力が、オホナムヂに付与されたことを意味する。そしてそれが、スサノヲのことばによって正式に認定されたのである。

これは、天皇家のいわゆる三種の神器とまったく同じ機能をもっているとみてよい。そして、こうしたレガリア（王のしるし）をもつことによって、王は王として存在しうるのである。スセリビメを正妻にするというのも同じである。スサノヲの力を受け継いだことが、その結婚によって保証される。

オホナムヂが地上を治めることができるのは、唯一、このスサノヲの祝福のことばによってである。これがなければ、地上の統治は可能にはならない。それが、オホクニヌシという名を与えることによって示される。同時に並べられているウツシクニタマ（宇都志国玉神）も、この世（地上）の国のタマ（神）を意味し、地上の王であることを示す名であり、オホクニヌシの言い換えである（ウツシは現実の、といった意）。ここに初めて、オホナムヂはオホクニヌシとなって地上に君臨することができたのである。

　そして、その王の象徴として地上に建てられるのが、スサノヲに承認された宇迦（うか）の山のふもとの住まい（宮殿）だということになる。様式化されたことばで讃えられる宮殿のさまは、大地に深く穴を掘って立つ柱と、高天の原に届くばかりに聳える氷木（千木とも。神社の屋根についているV字型の木）である。そして、このようにスサノヲに祝福されることによって、オホナムヂは地上に壮大な宮殿を造って地上を統治することが可能になったのである。

　宇迦の山のふもとという場所についていうと、ここは現在出雲大社が建っている場所とみて問題なさそうだと言われている。これは、出雲国風土記出雲郡条に「西の下（ふもと）に謂はゆる天の下造らしし大神の社、坐（いま）す」とある御埼山（みさきやま）のことで、この山は、「旅伏山から日御碕」に至る、今、北山と呼ばれている山塊をさすという関和彦『「出雲国風土記」註論』の指摘に従いたい。

出雲大社は、もともと杵築（きづき）大社、杵築宮と呼ばれており、出雲大社という呼び方は、近世になってからとされている。その創建については、第六章で取りあげる制圧神話の場面で大きな問題になるのだが、わたしは、スサノヲの祝福によってオホクニヌシがみずから建てたのが始まりであるとする、ここに語られる創建神話はきわめて重要なものだと考える。そのことはのちに改めて論じるつもりだが、多くの研究者はヤマトの側によって建ててもらったものと考えている。しかし、その認識が、出雲とヤマトとの関係を考える上できわめて大きな誤りをもたらしたということを、声を大にして主張しておきたい。

どのような形式であったかは判明していないが、すでに弥生時代には、高層の建造物が現在の出雲大社のある辺りに存在したのであり、それはヤマトが誕生する以前のことだったと考えなければならない。そのようなことを主張するのは、神を祀るための高層建造物は、日本海側の文化的な特徴を示していると考えてよいからである。

それを証明する代表的な遺物として、角田遺跡（すみだいせき）（鳥取県米子市淀江町）から出土した弥生時代中期の大壺に描かれた建造物の絵を挙げておきたい。そこに描かれたのが出雲大社だというわけではなく（そうかもしれないが）、日本海沿岸地域には、そうした高層建造物がいくつも存在した可能性がある。その一つの証拠となる遺物が、西暦二〇〇〇年に現在の出雲大社の八足（やつあし）門前の地下から掘りだされた、金輪（かなわ）で束ねられた巨大な三本柱である。掘りだされた柱自体は鎌倉時代に建てられたものとされているが、そうした巨大建造物を建てる文化は、弥生時代から連綿と続いていたのである。

　オホナムヂという少年が苦難を克服して青年になり、ついには地上の主になることがスサノヲによって約束され祝福された。その証しとして三種の神器と王の名と娘スセリビメが与えられ、立派な宮殿を建てて支配することが認められた。オホクニヌシの冒険物語によって語られてきたのは、そうした成長物語、王の誕生物語だったのである。

　兄弟たちを退けて地上の王になったオホクニヌシが真っ先にしたことは、稲羽の国への旅で約束したヤガミヒメを出雲に連れてきて結婚したことである。ところが、正妻スセリビメがあまりにも嫉妬深い女性だったので、ヤガミヒメは「みずからが生んだ子を木の俣に刺し挟んで稲羽の国に帰ってしまった」という。その生まれた子はキノマタ（木俣神）またの名をミヰ（御井神）というと古事記は語るだけで、詳しい事情は何も伝えていない。

第五章　ヤチホコと女神、オホクニヌシの国作り

【オホトシの系図】（系図7）

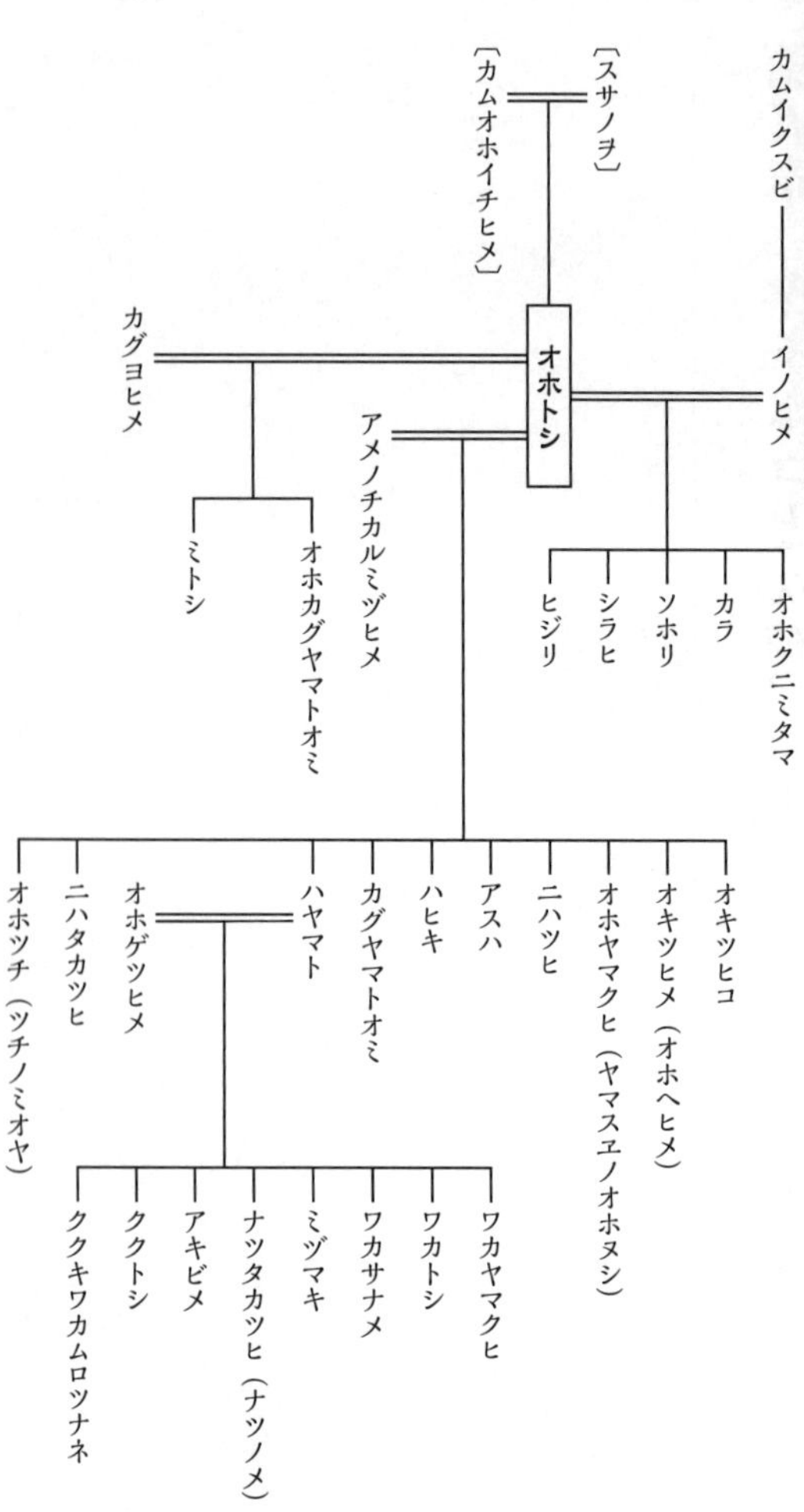

カムイクスビ
イノヒメ
オホクニミタマ
カラ
ソホリ
シラヒ
ヒジリ
〔スサノヲ〕
〔カムオホイチヒメ〕
オホトシ
アメノチカルミヅヒメ
オキツヒコ
オキツヒメ（オホヘヒメ）
オホヤマクヒ（ヤマスヱノオホヌシ）
ニハツヒ
アスハ
ハヒキ
カグヤマトオミ
ハヤマト
オホゲツヒメ
ワカヤマクヒ
ワカトシ
ワカサナメ
ミヅマキ
ナツタカツヒ（ナツノメ）
アキビメ
ククトシ
ククキワカムロツナネ
ニハタカツヒ
オホツチ（ツチノミオヤ）
カグヨヒメ
オホカグヤマトオミ
ミトシ

ヤチホコの神語り

地上を掌握したあとのオホクニヌシ（大国主神）の物語は、ヤチホコ（八千矛神）という別名の神を主人公とした長編の歌謡、スクナビコナ（少名毘古那神）と三輪山に祀られる神が登場するオホクニヌシの国作りおよび神統譜によって構成されている。まずは、「神語り」と名付けられたヤチホコの歌謡物語について読んでいく。

ヤチホコという名はたくさんの矛という意味で、武神的な性格をもつ神の名ということになるが、立派なホコと解すると、もう一つのホコが思い浮かぶ。内容をみても、ヤチホコは、武神というよりも立派なホコをもつ色事に長けた神という性格を帯びている。しかも、その神話は音数律をもつ歌によって語られており、他の部分とは異質な表現になっている。加えて、オホクニヌシの別名のなかでは、ヤチホコだけが大地（ナ）とか国土（クニ）といったことばをもたないという点で特異なものといえる。こうした諸点からみて、神語りは、他の部分とは伝承の系統が違っていたのではないか。

ヤチホコという呼び名は、オホナムヂ（オホクニヌシ）の愛称として用いられる名で、その神話が他の部分とはまったく別の長編歌謡によって伝えられているのは、所作をともなって芸能者によって演じられていたからではないか。そう考えるのは、この神話が滑稽でエロチックな内容をもち、所作をともなった男女神の掛け合いによって演じられる祝福芸能のような印象を与えるからである。万葉集に、「乞食者」と呼ばれる芸能者が伝えたと考えられる歌が出てくるが（巻一六・三八八五、三八八六番）、この歌謡も、同様の性格をもっていたらしい。

短い説明の部分を除いて、他とは異なる音数律をもった長歌形式で、表記は音仮名（いわゆる万葉仮名）である。要約したり、散文で説明したりしてしまうと表現の特異性と内容のおもしろさを伝えられないので、漢字仮名まじりの表記に直してそのまま引用する（下段は現代語訳）。

この八千矛神、高志の国の沼河比売を婚はむとして、幸行でましし時、その沼河比売の家に到りて、歌ひて曰く、

やちほこの　神のみことは	ヤチホコの　神と呼ばれるわれは
やしまくに　妻まきかねて	治める国に　似合いの妻はいないとて
とほとほし　こしの国に	遠い遠い　高志の国には

さかしめを　ありと聞かして
くはしめを　ありと聞こして
さよばひに　あり立たし
よばひに　ありかよはせ
たちがをも　いまだとかずて
おすひをも　いまだとかねば
をとめの　なすやいたとを
押そぶらひ　わが立たせれば
引こづらひ　わが立たせれば
あをやまに　ぬえは鳴きぬ
さのつとり　きぎしはとよむ
にはつとり　かけは鳴く
うれたくも　鳴くなるとりか
このとりも　打ちやめこせね
いしたふや　あまはせづかひ

すぐれた女が　いると聞かれて
うつくしい女が　いると聞かれて
妻を求めて　お立ちになって
妻問いに　遠くもいとわずお通いになり
太刀の紐さえ　解くのももどかしく
旅の衣を　脱ぐこともせず
おとめごの　お眠りになる板の戸を
がたんがたんと押し続け　わが立ちなさると
ぐいぐいと引きに引いて　わが立ちなさると
夜も更けて青い山には　トラツグミが鳴いた
時は過ぎ野の鳥　雉が声響かせる
庭の鳥　かけろかけろと夜明けを告げる
にくいやつらだ　うるさい鳥ども
こんな鳥など　叩きのめして息の根とめろ
つき従う　天をも駆ける伴たちよ

ことの　語りごとも　こをば　　――お語りいたすは　かくのごとくに

ここに、その沼河比売、いまだ戸を開けずて内より歌ひて曰く、

やちほこの　神のみこと　　ヤチホコの　いとしいお方よ
ぬえくさの　めにしあれば　　風にしなう草に似た　女ですゆえ
わがこころ　うらすのとりぞ　　わたしの心は　渚に漁る鳥のごと
今こそは　わどりにあらめ　　今はまだ　波におびえるわたし鳥
のちは　などりにあらむを　　きっと後には　あなた鳥にもなりますものを
いのちは　なしせたまひそ　　鳥たちの命は　どうぞお助けくださいませ
いしたふや　あまはせづかひ　　お慕いなさる　天をも駆けるお使いよ
ことの　語りごとも　こをば　　――お語りいたすは　かくのごとくに

あをやまに　日がかくらば　　あの青い山に　入り日が隠れ行けば
ぬばたまの　よはいでなむ　　ぬばたま（射干玉）の　闇の夜が顔を出す
あさひの　ゑみさかえ来て　　朝の日の　笑顔あふれたあなた来て

たくづのの　白きただむき　　ま白き綱の　わが白きかいな
あわ雪の　わかやるむねを　　あわ雪に似た　わが若き胸のふくらみを
そだたき　たたきまながり　　そっと手で抱き　手抱きいとおしみ
またまで　たまで差しまき　　わが玉の手と　その手さし巻き
ももながに　いはなさむを　　足のびやかに　尽きぬ共寝もいたすゆえ
あやに　なこひきこし　　はげしくつよい　恋の焦がれも今しばらくは
やちほこの　神のみこと　　ヤチホコの　いとしいお方よ
ことの　語りごとも　こをば　　――お語りいたすは　かくのごとくに

かれ、その夜は会はずて、明日(くるひ)の夜、御合(みあひ)をなしき。

ヤチホコを主人公とした歌謡は二種類あり、一つはヤチホコと高志の国のヌナガハヒメとの贈答。もう一つが、ヤチホコと根の堅州の国から連れ帰ったスセリビメとの贈答になっている。ここに引いたのは、その前者であるが、どちらもその表現形式は同じで、短句+長句（表記の一行）を繰り返すことによって定型の音数律をもたせる歌謡の形式である。定型といっても万葉集のような五音と七音の固定性は弱く、いわゆる字足らずや字余りの句が多い。短句は枕詞的な比喩表現になっているところがあり、一行単位で対句（繰り返し表現）になっているところもあって、音声をともなう歌の様式に則っている。そこからみて、これら一連の歌謡群が、芸能的な語りの専門集団によって担われていたであろうと推測できるのである。しかも、その雰囲気は、男神ヤチホコの場合も、受けて立つ女神ヌナガハヒメの場合も、どこか滑稽な印象を与える表現をもち、「戸」を挟んで向き合うところに演劇的な所作が浮かぶのである。

まず前半のヤチホコの歌では、高志に旅立つ目的が妻求めであることが示され、長い旅に出てはるばるとやってきたことが歌われる。まるで中世の能において、主人公が橋掛り（はしがかり）から舞台の中央に出てくるあいだに出来事の説明をしているのと同じ構成である。そして、せっかく到着してヌナガハヒメの家の戸の前に立って開けようとするが、受け入れられないままに時間は夜から朝へと過ぎていく。その移ろいのさまを三種の鳥によって描くのなどもなかなか巧みで、演劇的な雰囲気がよく出ている。そしてとうとう癇癪（かんしゃく）を起こしたヤチホコが、夜明けを告げるニワトリなど殺してしまえとお伴の者に命じるのである。

それに対するヌナガハヒメの歌は、前半と後半では歌う相手が違っている。前半は、お伴の「天馳せ使ひ」に対して、ニワトリは殺さないでと歌い、後半では、ヤチホコをなだめるように、今は駄目だが次の夜には共寝をすると歌う。その二人の共寝のさまが、具体的な表現によって歌われ、その抱き合うさまは、次のスセリビメ（須勢理毘売）の歌にも同じかたちで出てくるのだが、おそらく滑稽な所作とともに歌われていたはずである。

また、ヤチホコの歌には、自身の所作を、「ありと聞かして（ありと聞こして）」とか、「わが立たせれば」というふうに敬語を用いて表現する。自分の行為に敬語を使うのはふつうの日本語にはないかたちで、そうした自称（自尊）敬語と呼ばれる特殊な表現が使われるのは、神の行為を、神に扮した語り手（演じ手）が歌うというかたちになるために、語り手自身の神に対する敬意が表れるためと考えられる。そこからも、所作をともなって演じられていたことが確認できるであろう。

ヌナガハヒメと翡翠

古代の神話や伝承で、神や天皇がよその地の女性に求婚するという話は多いが、その背後には、その土地の領有という政治的な意味が込められているのがふつうである。この場合も、高志の国を象徴する女神を手に入れることによって、その土地を領有することを語っているとみなければならないのは、稲羽の国のヤガミヒメ（八上比売）求婚の場合と同じである。ただし、ここに語られるヌナガハヒメ（沼河比売）は、たんに土地を象徴するという意味だけではない、古代を象徴する女性として存在するのである。

高志というのは、古事記で、北陸地方をさす呼称として出てくるが、それは出雲と高志との関係のなかにだけ見られることは注目しておきたい。日本書紀で「越」と表記される地域と同じだが、古事記では越という漢字は用いず、日本書紀には「出雲」対「越」という特別な関係性は見いだせない。そのことからみて、「高志」というのは、古事記において象徴的な意味を担う土地なのであり、そのことは、ヲロチ退治神話において、ヲロチがコシノヤマタノヲロチ（高志之八俣遠呂智）と呼ばれることの意味を説明した時に述べた（第三章）。その高志の地をヤチホコが手に入れようとして、ヌナガハヒメを求めて出かけてゆくのだが、それが高志である理由は、ヌナガハヒメの住む土地には、ほかの場所には存在しない特別の品物が存したからである。

ヌナガハという名について言えば、もとは地名（川の名）であり、それが女神の名になっている。語構成で示せば、「ヌ（石玉）＋ナ（～の）＋カハ（川）」となる。その石玉が硬玉翡翠をさしているということが判明したのは、戦後のことであった。詳細は譲るが（三浦『出雲神話論』）、新潟県糸魚川市を流れる姫川流域（小滝川という支流）で不思議な石が見つかり、それが翡翠原石であることが確認されたのは一九三九（昭和十四）年のことであった。そして、戦争を挟んだ一九五〇年代以降に行われた大々的な発掘調査によって、糸魚川周辺には、縄文時代中期以降の翡翠加工の工房跡がいくつも発見され、そこで加工された翡翠の大珠（たいしゅ）や勾玉が、日本列島の各地に伝えられていたことが次第に明らかになっていったのである。そこは、古代の東アジアにおいて硬玉翡翠が産出する唯一の場所であったことも判明した。

そのような近代における考古学の発掘成果が、ヌナガハヒメ求婚神話の解読にはたらいたのは、一九七〇年代以降のことになるのだが、それによってヤチホコの高志の国への旅は、翡翠を手に入れるための遠征であるということも明らかにされてきたのである。われわれには考えられないような力が翡翠にはあり、それは交易というよりは贈与の品として各地を巡り歩いたのではないかということも考えられている。そして、その石の移動には、船を用いて日本海を道として動く人びとが、深く関与していたということもわかってきた。そうした大きな発見をもたらすきっかけの一つになったのが、ヌナガハヒメとヤチホコとのあいだで交わされた歌謡だったのである。

歌のなかには翡翠という石のことなどどこにも出てこない。ヤチホコという出雲の神とヌナガハヒメという高志の国の女神との歌のやりとりが歌われており、求婚と拒絶というかたちのよくある男女のやりとりでしかない。しかし、背景として封じ込められた歴史が浮かび上がった途端に、歌謡はさまざまな歴史のあり方を垣間見させてくれるものだということを教えられる。

嫉妬する女神スセリビメ

稲羽の国から連れてきたヤガミヒメは、正妻スセリビメがあまりに嫉妬深いというので生んだ子を置いて帰ってしまうほどであったが、その嫉妬にはヤチホコも困り果てていたらしい。ヌナガハヒメとの贈答のあとには、次のようなやりとりがスセリビメとのあいだでなされている。こちらのほうが、内容は滑稽味を強くしていておもしろい。

　また、その神の嫡后（おほきさき）須勢理毘売命、甚く（いたく）嫉妬（うはなりねたみ）をなしき。かれ、その日子遅（ひこぢ）の神、侘（わ）びて出雲より倭（やまと）の国に上り坐（ま）さむとして、束装（よそひ）し立つ時、片御手（かたみて）は御馬（みうま）の鞍（くら）に繋（か）け、片御足は御馬の御鐙（みあぶみ）に踏み入れて歌ひて曰く、

ぬばたまの　くろきみけしを　　　ぬばたま（射干玉）の　黒い衣を

まつぶさに　取りよそひ
おきつとり　むな見るとき
はたたぎも　これはふさはず
へつなみ　そにぬきうて
そにどりの　あをきみけしを
まつぶさに　取りよそひ
おきつとり　むな見るとき
はたたぎも　こもふさはず
へつなみ　そにぬきうて
山がたに　まきしあかねつき
そめ木が　しるにしめころもを
まつぶさに　取りよそひ
おきつとり　むな見るとき
はたたぎも　こしよろし
いとこやの　いものみこと

すきもなく　粋に着こなし
羽繕いする海鳥よろしく　胸元見れば
着ごこちたしかめ　これは似合わず
後ろの波間に　ぽいと脱ぎ捨て
カワセミの　青い衣を
すきもなく　粋に着こなし
羽繕いする海鳥よろしく　胸元見れば
着ごこちたしかめ　これも似合わず
後ろの波間に　ぽいと脱ぎ捨て
山の畑に　蒔いた茜を臼で搗き
染める木の　汁にて染めた染め衣を
すきもなく　粋に着こなし
羽繕いする海鳥よろしく　胸元見れば
着ごこちたしかめ　これはお似合い
いとしいやつよ　わが妹よ

むらとりの　わがむれいなば
ひけとりの　わがひけいなば
泣かじとは　なはいふとも
やまとの　ひともとすすき
うなかぶし　なが泣かさまく
あさあめの　きりに立たむぞ
わかくさの　つまのみこと
ことの　語りごとも　こをば

群れ鳥の　われが皆と旅立ったなら
引き鳥の　われが皆を引き連れ行けば
泣きはしないと　お前は言うが
山のふもとの　一本薄(ひともとすすき)
首をうなだれ　お前が泣くさま
朝降る雨が　霧に立つごと涙でぐしょり
萌えでた草の　若くしなやかな妻よ
――お語りいたすは　かくのごとくに

ここに、その后、大御酒杯(おほみさかずき)を取り、立ち依り指挙(ささ)げて歌ひて曰く、

やちほこの　神のみことや
あがおほくにぬし
なこそは　をにいませば
うちみる　島のさきざき
かきみる　いそのさきおちず

ヤチホコの　いとしいお方よ
あたくしのオホクニヌシさま
あなた様は　殿がたでいますゆえ
歩きめぐる　島のあちこち
かきめぐる　磯の崎ももらさず

わかくさの　つま持たせらめ
あはもよ　めにしあれば
なをきて　をはなし
なをきて　つまはなし
あやかきの　ふはやが下に
むしぶすま　にこやが下に
たくぶすま　さやぐが下に
あわ雪の　わかやるむねを
たくづのの　白きただむき
そだたき　たたきまながり
またまで　たまで差しまき
ももながに　いをしなせ
とよみき　たてまつらせ
［やちほこの　神のみこと］
［ことの　語りごとも　こをば］

萌えでた草の　若妻をお持ちよ
あたくしなどは　女ですゆえ
あなたのぞいて　殿ごは持たず
あなたのぞいて　夫（つま）などいない
綾織り仕切りが　ふんわり揺れて
絹のしとねは　やわらかにして
布のしとねも　さやさやとして
あわ雪に似た　わが若き胸のふくらみを
ま白き綱の　わが白きかいな
そっと手で抱き　手抱きいとおしみ
わが玉の手と　その手さし巻き
足のびやかに　尽きぬ共寝もなさいませ
おいしいお酒　お召し上がりを
ヤチホコの　いとしいお方よ
——お語りいたすは　かくのごとくに

かく歌ひて、すなはち盃結(うきゆひ)して項掛(うなが)けりて、今に至るまで鎮まります。
これを神語(かむがた)りと謂ふ。

二首目の歌の末尾二句は原文にないが、脱落したものとみなして補って解釈した。前のほうの歌は、嫉妬深い妻スセリビメに嫌気がさしたヤチホコが、黒・青・茜と派手な色の着物に着替えながら、あの賑やかなヤマト（倭）へ行っちゃうぞ行っちゃうぞとスセリビメに揺さぶりをかけながら牽制している歌。それが、今にも馬に乗ろうとして片手を鞍に、片足を鐙に踏み入れたままのストップモーションのような姿勢で歌うという描写によく出ている。まるで演技者がいて、そのさまを写しているように読める。

ヤチホコのヤマト行きがどこまで本気なのかというより、引き止めてほしいという気分が充満している。そのあたりも最初から滑稽感を漂わせている。それを見抜いているのがスセリビメで、色仕掛けと美酒を使って、まんまとヤチホコを丸め込んで大団円という次第の歌である。

訳を添えたので、読んでいただければ内容は説明するまでもなかろう。神語りの表現の楽しさを味わってほしい。そして、このような滑稽さや所作をともなったようにみえる表現をみると、ヌナガハヒメの場合にも述べたように、芸能者が介在していると考えざるをえないのである。たとえば、ヌナガハヒメとスセリビメがうたう歌では、男女が共寝をする描写がほとんど共通していることからみても、両者が一連のものとして歌われていたことが了解できる。ほかにも、同じような男女神の主人公がいて、時々に主人公を変えながら、似たような物語が人びとの前で、演じられ歌われていたものと考えられる。

そのなかで一つ注目したいのは、スセリビメの嫉妬にうんざりしたヤチホコが、「出雲より倭の国」へ逃げ出そうとしているところである。古事記の出雲神話のなかで「倭」が出てくるのは、ここと、もう一つ三輪山に神を祀るという話（後述）だけだが、この神話を読むと、出雲とヤマトとの関係が興味深く顔を覗かせているようにみえる。すでにヤマトの勢力が大きくなり、出雲を圧倒しようかという時代を髣髴（ほうふつ）とさせる。そのような対抗関係がここの表現には窺える。

そして、この歌謡の末尾に示されたスセリビメとヤチホコの大団円のさまが凝固されたのが、明治時代に奈良県明日香村石神の地から出土した、大きな石神像ではないかと最初に言い出したのは益田勝実『記紀歌謡』ではなかったかと思うのだが、あの想定はおそらく正しい。抱き合う男女が石造となり、男の口許（くちもと）の盃からは水が吹き出す噴水の仕掛けがほどこされ、七世紀の園池に置かれていたもので、渡来の工人が作ったものと推定されている。その、微笑み喜んでいるように見えるふたりの像を眺めていると、都や地方を巡り歩く芸能者が、明日香にある広場で、昔むかしにいたという出雲の神の物語を滑稽に演じて見せるさまがありありと浮かんできて楽しいではないか。

国作りを手伝うスクナビコナ

ヤチホコの神語りのあとにはオホクニヌシの系譜が置かれている（対照表五－3、系図6参照）。ここでは、オホクニヌシが、胸形の奥津宮に坐す神、タキリビメ（多紀理毘売命）を妻にしてアヂスキタカヒコネ（阿遅鉏高日子根神）を生んだという、北九州の海民と出雲とのつながりを暗示する婚姻が出てきたりして興味深い。また、トトリとオホクニヌシの結婚から始まりトホツヤマサキタラシ（遠津山岬多良斯神）に至る十代にわたる長い系譜には何らかの背景が潜んでいるのであろうが、その詳細を知ることはできない。

出雲神話の最後として、オホクニヌシの国作りを語る話が二つ置かれているのだが、まず描かれるのは、美保の岬にいるオホクニヌシの許に寄りついたスクナビコナ（少名毘古那神）という名の神である。次のように語られている。

さて、オホクニヌシが出雲の美保の岬にいました時、波の穂を、天の羅摩船に乗って、鵝の皮をそっくり剝いで衣服にして依り来る神があった。

そこでその名を問うたが答えない。また、お伴の神たちに問うても皆、「知りません」と申し上げる。そのなかで、タニグク（多迩具久）が申し上げて、「この方のことは、クエビコ（久延毘古）がきっと知っている」と言うので、すぐさまクエビコを召し出し問うと、答えて、「この方は、カムムスヒ（神産巣日神）の御子スクナビコナ（少名毘古那神）である」と言う。

さてそこで、カムムスヒに申し上げると、お答えになることには、「この子は、まことにわが子です。子たちの中で、わが手の俣から漏れてしまった子です。どうか、あなたアシハラノシコヲ（葦原色許男命）よ、兄と弟となりて、その国を作り固めなさい」と仰せになった。

そこで、それからは、オホナムヂ（大穴牟遅）とスクナビコナと二柱の神は、ともに並んで力をあわせ、この国を作り固めたのだが、そのあと、そのスクナビコナは、常世の国に渡っていった。

海のかなたから訪れた神は、カガミ（羅摩）で作った船に乗り、ヒムシ（鵝）の皮を縫いぐるみのように着てやってきたのだという。カガミというのはガガイモという蔓性植物で、秋にそら豆のような莢を付け二つに弾けると舟のような形になるところから、その莢を舟にして乗ってきたのである。地方によっては「舟の木」と呼ぶのだという（斎藤たま『野にあそぶ』）。ヒムシのほうは用いられた漢字に問題があり、ガチョウ（鵞鳥）では大き過ぎるので飛んで火にいる夏の虫のガ（蛾）のこととみなし、その蛾の体をすっぽりかぶった姿をいうと考えられている。たしかに、ガの縫いぐるみを身に着けている姿は今までの出雲神話のなかの動物や虫の登場をみても想像しやすい。まるで、昔人気のあったテレビアニメ「みつばちマーヤの冒険」の主人公みたいではないか。

こうした小さ子の系譜は、中世のお伽草子「一寸法師」が有名だが、古代にもすでに小さ子はおり、少子部蜾蠃と呼ばれて日本書紀や日本霊異記に登場する（霊異記の表記は「栖軽」）。いずれの場合も、トリックスター的なキャラクターで、いたずら好きの知恵者という性格が与えられている。

この小さ子は、だれも正体を知らず名前さえわからない。ところが、案山子の神クエビコ（久延毘古）がカムムスヒ（神産巣日神）の子スクナビコナ（少名毘古那神）だと言い当てる。そこでカムムスヒに尋ねてようやく素性がわかるのである。そして、兄弟となって国を作りなさいというので、二人は揃って国を作るが、ある時、スクナビコナは常世の国に渡ってしまったという。まことに気まぐれな神で、トリックスターらしい。

少しこだわると、この部分で、その前ではオホクニヌシとなっていた神名が、オホナムヂ（大穴牟遅）と記されている。このふたりの神が並んで語られるのは古事記だけではなく、出雲国風土記や播磨国風土記、あるいは万葉集にも出てくるのだが、それら民間伝承では、小さなスクナビコナとコンビを組む大きな神はオホナムヂ（オホナモチ）と呼ばれ、オホクニヌシという呼称は出てこない。そうした民間伝承のあり方が、この神話の最後の段落に、「大穴牟遅神」という呼称を引き出してしまったのに違いない。どうやら、スクナビコナの相棒がオホクニヌシでは居心地が悪いらしい。

そして民間伝承においては、スクナビコナとオホナムヂは、稲作や医療や温泉などにかかわって各地に伝えられている。また、そうした伝承のなかでも、滑稽な語られ方をすることがあり、その点も古事記の話と共通する。ここに出てくる脇役の神たちが、タニグク（多迩具久）だったりクエビコだったりするのも、そうしたあり方とつながっている。

クエビコが案山子だということはふれたが、タニグクというのは谷の奥でグクグクと鳴いているヒキガエルのことをいう。どちらもまっとうな神とはいえない神であり、そういう面妖な神が出てくるところが出雲神話らしいと見てよかろう。なお、クエビコの語源は「クエ（崩え）＋ヒコ（彦）」で壊れ男の意。古事記には、足は歩ませられないが天下の事をなんでも知っている知者だ（足雖不行、尽知天下之事神也）と説明されている。

そのスクナビコナはカムムスヒの子とあるが、出雲の祖神であるカムムスヒのことはすでに何度かふれた。ここでは、その子スクナビコナが舟に乗って海のかなたから美保の岬を訪れ、のちには常世の国へと去っていったと語られる。この話はめずらしいことに日本書紀にも載せられているのだが、それによれば、粟茎（あわがら）に登り、弾かれて常世の郷（くに）に飛んでいったと語られている（第八段第六の一書）。ただし、そこで語られるスクナヒコナ（少彦名命）をタカミムスヒ（高皇産霊尊）の子とするのは、日本書紀の改変である。

古事記のスクナビコナの語り方をみると、その母カムムスヒは、やはり高天の原にいたのではなく海のかなたにいるとみたほうがよいのは明らかだ。そして、カムムスヒに事実を確かめる場面でも、古事記では、カムムスヒに「白し上（まをあ）ぐれば（白上……者）」としかなく、高天の原とは記されていない。この神話を読む限り、そして今までの神話でも述べた通り、カムムスヒの住み処は、海のかなたであることは否定のしようがない。そしてそこは、出雲の人びとにとって原郷とでも言えるところであったのだと思う。

三輪山に祀られる神

出雲神話の最後に語られるのは、相棒スクナビコナがいなくなって国作りが滞ってしまうことを歎いていたオホクニヌシの前に、海のかなたから光り輝きながらやってきた神の話である。寄り来た神は次のように語った。

「わが前をよく治め祀ったならば、われが共によく作り成そう。もしそれができないならば、国は成りがたいだろう」と。

そこでオホクニヌシが、「それならば、治めまつる状(さま)はいかに」と言うと、答えて、「われは、倭(やまと)の青垣の東の山の上に斎(いつ)き祀れ」と言う。

これは、御諸山(みもろやま)の頂きに坐す神である。

この神を迎えた時、オホクニヌシはどこにいたか。前の話とつなげれば出雲の美保の岬ということになるが、そうとは限定できない。出雲の国に閉じ込めておくこともできず、ここは不明とするしかない。

寄り来た神は、みずからを、山に囲まれた倭の東のほうにある山の上に祀れという。ヤマトタケル（倭建命）の思国歌「やまとは　国のま秀ろば　畳なづく　青垣　山隠れる　やまとしうるはし」を思い出させる表現だが、山に囲まれた盆地のなかの東のほうのミモロ山というのは三輪山（奈良県桜井市）のこととみていい。ミモロというのは、神の寄りつく山をいう普通名詞で、ミモロ（三諸・御諸）とかミムロ（三室）とか呼ばれる。そして、希望通りに、そこに祀られることになったというのが古事記の神話である。

ところで、この三諸山に祀られた神だが、古事記には引用した以外のことは何も語られていない。名前も伝えていないのである。ただし、この山の神については、古事記の中巻に何度か出てくる。その最初は、初代天皇カムヤマトイハレビコ（神倭伊波礼毘古命、神武天皇）条で、イハレビコの后となったイスケヨリヒメ（伊須気余理比売）が神の子であることを明かす話のなかに伝えられている。それによると、「美和の大物主神」が、「三島　湟咋の女、名は勢夜陀多良比売」と交わって生まれた子がイスケヨリヒメだという。

美和というのは三輪山のことで、この山にいます神がオホモノヌシ（大物主神）と呼ばれているのは、疑いようがない。元来、神の山である三輪山にいます土地神であろうが、古事記では、オホクニヌシの許に寄りついた神が、自ら求めて三輪山に祀られたという由来が語られることになる。ところがことはそれだけではすまない。日本書紀第八段第六の一書には、スクナビコナの話とともに、この神のことも伝えられているのだが、それによると、奇妙なかたちでこの神の素性は語られている。

海のかなたから光り輝いて寄り来た神に対して、オホナムヂ（大己貴神）が、あなたはだれかと尋ねると、相手は、「私は、汝の幸魂（さきみたま）奇魂（くしみたま）である」と答え、それを受けたオホナムヂがどこに住みたいかと尋ねると、「私は、日本（やまと）の国の三諸山に住みたい」と答える。そこで、すぐさま宮殿をその地に建て、連れて行って住まわせた。これが「大三輪（おおみわ）の神である」と一書は伝えている。

いささか合点がいかないのだが、だれかと問われた相手が、「汝の幸魂奇魂」と言うのをそのまま受け入れ、オホナムヂはその神を三輪山に祀ったという。そもそも、「幸魂奇魂」ということば自体が聞き慣れない表現ながら、ひとまず、幸いをもたらすタマ、霊妙なるタマと解釈するとして、それは「汝の」というのだから、オホナムヂの分身のような存在だということになる。しかしながら、オホナムヂ自身は、その分身のことを相手に言われるまでまったく自覚することがないままにいたようで、そうでありながら、「確かにその通りです。すぐにわかりました、あなたはこれ、わが幸魂奇魂だということを（唯然。廼知、汝是、吾之幸魂奇魂）」と答えるのである。

この日本書紀の展開は、古事記とはまったく違っており、なぜそのようになったのかもわからないままに三輪山に祀られ、それがオホモノヌシ（大物主神）と呼ばれる神になったというのである。たしかに日本書紀では、オホクニヌシ（大国主神）の別名を並べたところの筆頭に、古事記には出てこないオホモノヌシ（大物主神）の名を載せているが（第八段第六の一書）、神話のなかにオホモノヌシという名が出てくるわけではない。

中巻に名前が出てくるオホモノヌシと三輪山にその神を斎き祀ったオホクニヌシとは、古事記ではまったく別の存在として伝えられているとみなしていいはずだ。ところが、日本書紀では、たった一本の一書ではあるが、オホクニヌシとオホモノヌシとを同一神とする系譜があり、オホモノヌシはオホクニヌシの「幸魂奇魂」であるとされているのである。

ところがこの三輪山の神については、もう一つ、出雲国造が持ち伝える「出雲国造神賀詞」（『延喜式』所収）という寿詞のなかに、まったく異質な神話が伝えられている。この神賀詞は、出雲国造が代替わりをするたびに、天皇の前に出て国造の親任を受ける際に唱えられるもので、それは服属儀礼の一つとみなせよう。そしてそこには、出雲国造の祖であるアメノホヒ（天穂日神）とその児アメノヒナトリ（天夷鳥命）の活躍によって地上が平定されたことを語ったのちに、天皇の鎮座する「大倭の国」の守り神として、オホナムヂが自分の「和魂（にぎみたま）」を「八咫（やた）の鏡」に取り掛けて、「倭の大物主くしみかたまの命（倭大物主櫛𤭖玉命）」と名を称えて、「大御和（おおみわ）の神奈備（かんなび）」に祀り、三柱の御子をそれぞれの場所に祀り、四方から天皇の宮殿を守ろうと誓うのである。

ここにいう、オホナムヂの分身（和魂）を讃えたオホモノヌシクシミカタマ（大物主櫛𤭖玉命）というのは、三輪山に祀られているオホモノヌシそのものではなく、オホモノヌシのクシミカ（霊力ある酒壺）タマ（神）となって守るというのである。クシミカタマというのは「神に捧げる酒（クシ）を入れる壺（ミカ）の霊力（タマ）」ということだから、神そのものというより、神を祀る霊力あるもの（神を祀るもの）ということになる。もちろんそれもまた神として祀られていくことにもなるのだが、オホモノヌシそのものではないと考えなければならない。

「出雲国造神賀詞」では、オホモノヌシという倭を守る神は別に存在し、その神を丁重に祀るものとしてクシミカタマ（オホナムヂの和魂）という神が祀られたのである。オホモノヌシではないが、オホモノヌシと一体化した存在であるというのは間違いがない。そのような存在となって倭の神、つまり天皇を守るのだということである。とすると、オホモノヌシがオホナムヂの幸魂奇魂であるとする日本書紀第八段第六の一書の伝えとはずいぶん違って、オホナムヂの和魂がオホモノヌシの祭祀者として仕えたということになる。

このように、出雲のオホクニヌシは、ヤマトの天皇にどんどんとすり寄っていくようにみえるのだが、古事記に語られている三輪山への神の鎮座神話を読むかぎり、そうした気配はまったく認められない。ただ、ヤマトの三諸山に行きたいという神を、ヤマトに送ったというだけだが、そこにも、天皇との関係性の萌芽といったものを見いだすことはできるだろう。ただし、このあたりの出雲と倭の関係は、とうてい一筋縄ではいきそうもない。その辺りのことは、次章の最後に、改めて考えなければならないことである。

古事記では、三輪山の神を語ったあとに、スサノヲの子の一人であるオホトシ（大年神）から始まる系譜が載せられて（対照表五-6、系図7参照）、オホクニヌシの繁栄物語は幕を閉じるのである。スサノヲのヲロチ退治から始まり、オホナムヂの成長物語と地上の繁栄を語った出雲を舞台にした神話については、まだまだ述べ足りないことは多いのだが、次の章に展開しなければならない。

第六章　制圧されるオホクニヌシ

【遠征する神／迎える神】（系図8）

タカミムスヒ（タカギ）―ヨロヅハタトヨアキヅシヒメ

スサノヲ
＝〈嚙む・吹く〉
アマテラスの玉（物実）

マサカツアカツカチハヤヒアメノオシホミミ
アメノホヒ―タケヒラトリ
△
△
△

アマツクニタマ―アメノワカヒコ

タキリビメ
＝
オホクニヌシ
アヂシ（ス）キタカヒコネ
妹タカヒメ（シタデルヒメ）

ヌナガハヒメ
＝
タケミナカタ(注)

カムヤタテヒメ
＝
ヤヘコトシロヌシ

イツノヲハバリ（アメノヲハバリ）―タケミカヅチノヲ（タケミカヅチ）

〔イザナキ〕
＝
〔イザナミ〕
アメノトリフネ

（注）この母子関係については
『先代旧事本紀』による

隣の芝生

オホクニヌシ（大国主神）の治める地上は、長く平安に繁栄したらしい。オホクニヌシとオホトシ（大年神）の系譜（対照表五－3・6、系図6・7参照）がそのことを示している。その地上を高天の原から観察し続ける女神がいることを地上の神がみは知らなかったようだ。

アマテラスの仰せにより（天照大御神之命以）、「豊葦原（とよあしはら）の千秋の長五百秋（ながいほあき）の水穂（みずほ）の国は、わが御子マサカツアカツカチハヤヒアメノオシホミミ（正勝吾勝々速日天忍穂耳命）の統べ治める国である」とのことばをお寄せになり、天降った。

ここにアメノオシホミミは、天の浮橋にお立ちになって仰せになり、

「豊葦原の千秋の長五百秋の水穂の国は、ひどく騒がしく荒れていることよ」と告げたかと思うとそのまま帰り昇り、アマテラスに（教えを）請うた。

ここで地上に降ろされる神は、以前、アマテラスとスサノヲ（須佐之男命）がウケヒを

した、その時にスサノヲが、アマテラスの玉飾りを嚙んで吹き出した最初の子であった。その子が、「物実」が自分のものだから自分の子であるとアマテラスによって宣告され、アマテラスの血統を受け継ぐ順位第一位の後継者となった。それゆえに、「ほんとうに勝った（正勝(マサカツ)）、わたしが勝った（吾勝(アカツ)）、勝って勢いのある（勝速日(カチハヤヒ)）」というほめ言葉のつく長い名をもっているのである。下のほうのアメもオシもほめ言葉、ミミは霊力をあらわす接尾辞であり、意味があるのは、稲穂をあらわす「ホ」だけだとみてよい（以下の論述ではオシホミミと略称する）。

それにしても、まったくもって唐突である。オホトシ（大年神）の系譜のあとに、接続詞も何もないままに、「天照大御神之命以～」と古事記は展開する。しかも、断定的に、地上は「統べ治める国である（所知国）」と宣言されてしまう。また、ここの場面、命じるのはアマテラス単独の意志であることにも注目しておきたい。以下の場面を読んでいくと、このようなかたちでアマテラスが単独で何かを決めたり宣言したりすることはない。

豊葦原の千秋の長五百秋の水穂の国というのは、地上をいう最大級のほめ言葉で、古事記にはここの二例にのみ用いられる。地上をさす「葦原(あしはら)の中(なか)つ国（葦原中国）」を賛美していう表現として使われる。そしてそれは、天つ神が治めるべき地上をいう表現で、オホクニヌシが支配している地上をさすことばではない。これらの呼称については、すでに別に詳細な分析を試みたことがあるのだが（『出雲神話論』）、葦原の中つ国というのは、オホクニヌシが支配した「国」を、高天原の神がみの側から名づけた呼称であり、葦のしげる未開の荒野という侮蔑的なイメージがこめられ、のちに、天つ神の子孫（天皇）が統治することで、そこは稲穂の繁る豊かな世界（豊葦原之千秋長五百秋之水穂国／豊葦原水穂国）になることが約束される。その前提となるのが、この場面にみられるアマテラスの宣言である。葦原という語には葦のしげる生命力をほめる意味もあるが、葦原の中つ国における葦のイメージには荒蕪な印象が付与されている。また、中つ国（中国）は、真ん中がすばらしい中華中国というより、三層化された宇宙観のなかで、上（高天の原）と下（黄泉の国）とのあいだに位置づけられた大地をさす。

このあと神話は、天つ神による地上制圧の物語が展開する。従来、「国譲り」と呼ばれており、その国譲りという語からは円満な譲渡という印象を与えられるが、内実は決して穏やかな譲り渡しなどではなく武力的な制圧、政治的な力による屈従とでもいえるものだということとは、読んでいけばわかる。それを、明治維新というのがそうであったように、血を流す戦いなど何もなく平穏な政権移譲が行われたかのようなイメージを作り上げるために、国譲り神話という呼称が流布することになったのである。あるいは流布させたと言ったほうがいいか。

そもそも古事記にも日本書紀にも国譲りというようなことばは用いられておらず、この用語は、近代になってから当該神話を指す呼称として使い始められたものである。確実な用例としては一九二〇年頃から論文題目などに見られるもので、早くても、明治時代末頃になって出てきたことばではないかと思われる。古くは、天皇から次の天皇に皇位を穏やかに譲ることをいうことばとして用いられていた。

派遣される使者

地上は騒がしいと言ってオシホミミがもどってきたために、高天の原では神がみが相談のうえ、地上を制圧するための使者を派遣することになる。

ここに、タカミムスヒ（高御産巣日神）とアマテラス（天照大御神）は、天の安の河原に八百万（やおよろず）の神がみを集めに集めて、オモヒカネ（思金神）に考えさせようとして仰せになるには、「この葦原の中つ国は、わが御子の統べ治める国であるとことばをかけ委ねた国である。ところが、この国は、ひどく騒がしく荒れ狂う国つ神どもに満ちている。さて、いずれの神を遣わして言向けようか」と。

するとオモヒカネと八百万の神は話し合い、「アメノホヒ（天菩比神）、この神を遣わすのがよろしいでしょう」と申し上げた。

そこで、アメノホヒを遣わしたが、下に降りるやいなやオホクニヌシ（大国主神）にへつらい靡いて、三年を経るも返し言ひとつ申し上げなかった。

ここに、はじめてのことだが、アマテラスと並んでタカミムスヒが登場する。しかも、タカミムスヒの名が先に出てきて優位に立っているようにみえる。

タカミムスヒが古事記の冒頭三神の一柱としてあり、最初に高天の原に成ったことについてはすでに述べた（第一章）。そこで、この神は、アマテラスの相棒として天つ神を束ねる役割を果たしていることを指摘したが、第二章の高天の原神話においてはまったく顔を見せなかった。ただ、オモヒカネの出自を示す部分に「高御産巣日神之子、思金神」とあって、高天の原にいる神がみのなかで思慮をつかさどるオモヒカネの父としてタカミムスヒという名前が出てくるだけであった。

ところが、この制圧神話になると、タカミムスヒがアマテラスを凌いで高天の原のマツリゴト（政）を取り仕切っているかのように描かれてゆく。しかも、この章の初めの部分ではアマテラスだけが出てきたのに、この場面からあとは、両神が並び立つことになる。加えて、あとで問題になるが、タカミムスヒは突然名を替えてタカギ（高木神）と呼ばれることになるのにも驚かされる。また、天の石屋（いわや）の場面では親子だとされていたのに、こちらでは、何度も同じ場面に登場しながら、タカミムスヒとオモヒカネが親と子であるということを示す表現はどこにも見当たらない。もともと親子などではなかったのではないかとさえ思われるほどである。

そのオモヒカネを議長のようにして神がみは議論し、アメノホヒを地上に派遣して従わせるようにすればいいという結論を出したのである。そこで派遣されたアメノホヒであったが、何もしないままにオホクニヌシに丸め込まれてしまう。その派遣する神を決めるのに、「いずれの神を遣わして言向けようか（使何神而将言趣）」と尋ねる「言向け」について（ここの原文は言趣だが、他の用例では「言向」が多い）、神野志隆光は、古事記に特徴的に見られる表現であることを指摘した上で、「服属を誓う『言』をこちらへ向けるようにさせること、そういう形で向き従わせる」ことだと述べている（『古事記の達成』）。それを敷衍した多田一臣も、この場面の言向けについて、「わけのわからぬ異国語を話す文字どおりの野蛮人を、中央語の秩序の中に取り収めること」と解釈する（『古事記私解』Ⅰ）。他動詞「向ク」の解釈にかかわるのだが、最近、「言向ク」および近縁の語を網羅的に検証した松田浩が、「言葉によって」「向クル（平定する）」とみる旧来からの解釈が妥当だとする見解を提示している（「『古事記』における「言向」の論理と思想」）。説得力のある論で、すなおに解釈できると思う。

使者となるアメノホヒという神は、地上に降りようとしてもどってきたオシホミミのすぐ下の弟である。その点ではたいそう由緒正しい神なのだが、老練なオホクニヌシのことばに丸め込まれ、高天の原には梨の礫というわけである。そのアメノホヒだが、高天の原神話におけるウケヒの場面をみると、アメノホヒの子タケヒラトリは、「出雲の国造、武蔵の国造、上つ海上の国造、下つ海上の国造、伊自牟の国造、津島の県の直、遠江の国造、これらの族の祖」であると記されている。

古事記には、中央や地方の豪族たちについて、このようなかたちで神や天皇との血縁関係を示す系譜が各所に挟まれている。ここに出てくるのは関東をはじめ対馬や静岡など各地の豪族たちだが、その筆頭に挙げられているのが出雲国造である。そして、出雲国造家は、アメノホヒを祖とする長い系譜を伝え、現在に至るまで出雲大社の神主としてオホクニヌシの祭祀をつかさどっているのである。

出雲国造家は南北朝時代に千家（せんげ）と北島の二家に分離し現在に至るのだが、もとは、出雲臣（おみ）と呼ばれる、そしてより遡ると意宇（おう）（淤宇）臣と呼ばれる出雲の豪族であったらしい。それが、ある段階においてヤマトの勢力に制圧され服属して、「国造」という称号（あるいは役職名）を与えられてヤマト王権の支配下に組み込まれていったと考えられる。

それ以降、アメノホヒを祖としてオホクニヌシを祀ることになったというのが、しごく単純化した出雲国造家の歴史であった。ここに語られるような、アメノホヒがオホクニヌシに媚びついて報告もしないという不本意な始祖神話が語られるのも、この神が出雲臣一族の元からの祖神ではなかったことを明かしているとみてよかろう。

このアメノホヒの神話については日本書紀もほぼ同じかたちで伝えているが、出雲国造の代替わりの際に天皇の前で執り行われる服属儀礼において、国造が唱える「出雲国造（いづものくにのみやつこ）神賀詞（かむよごと）」に語られる神話では、地上偵察に遣わされたアメノホヒ（天穂日神）は情況を確認して鎮定を約束し、自分の子アメノヒナトリ（天夷鳥命）にフツヌシ（布都怒志命）を副えて地上に送り、みごとに地上を平定したと語っている。そこには、出雲の頭領であったことの自負といったものが表れており、ヤマト王権と出雲土着勢力とのあいだの大きな対立葛藤のあとを窺わせている（この問題については、本章の最後で改めてふれる）。

二度目の遠征失敗

アメノホヒが報告もしないので、タカミムスヒとアマテラスがふたたび神がみに相談すると、オモヒカネは、「アマツクニタマ（天津国玉神）の子、アメノワカヒコ（天若日子）を遣わすのがよいでしょう」というので、二度目の使いとしてアメノワカヒコが派遣されることになる。この神の父アマツクニタマはここにしか名が出てこず、アメノワカヒコはアメノホヒほどには素性が確かではないが、元気なワクゴ（若子）であるというのは大事な点であろう。そして、この神の地上遠征は、その死の場面も含めて長い話になっているのだが、制圧神話全体の内容にかかわる事柄はほとんどないので、ここでは、その内容を簡略に紹介するかたちですませたい。

タカミムスヒとアマテラスは、威力のある弓矢、天の麻迦古弓（まかこゆみ）と天の波々矢（ははや）を持たせて、アメノワカヒコを遣わした。ところがアメノワカヒコは、降りるとすぐにオホクニヌシの娘シタデルヒメ（下照比売）を妻にし、地上を自分のものにしようと企んで、八年を経るまで何ひとつ返事をしない。

困りはてたアマテラスとタカミムスヒはまたもや神がみを集めて相談し、雉のナキメ(鳴女)を派遣して事情を問わせることにする。そこで下に降りたナキメがアメノワカヒコの門前の木に止まって伝言を告げると、それを聴いたアメノサグメ(天佐具売)がアメノワカヒコをそそのかし、縁起が悪いから射殺せと言う。そこでアメノワカヒコが、天つ神から授けられた弓矢で雉のナキメを射殺すと、矢は高天の原まで射上げられ、アマテラスとタカギ(高木神)が座っている足元まで飛んでいった。

タカギがその矢を検分し、アメノワカヒコに邪な心があるなら、この矢で災いを受けよと言って、矢が射抜いた穴から下へ突き返すと、矢はアメノワカヒコの胸板に突き刺さり死んでしまう。それを知ったアメノワカヒコの妻シタデルヒメは嘆き悲しみ、その哭き声が高天の原まで届き、高天の原にいる父アマツクニタマやアメノワカヒコの妻子がこぞってやってきて、喪屋を建て、昼は八日、夜は八夜のあいだ、アメノワカヒコの弔いをする。

その時、シタデルヒメの兄アヂシキタカヒコネ(阿遅志貴高日子根神)が喪を弔いに来る。ところが、その姿形がアメノワカヒコと瓜二つだったために、アメノワカヒコの父や妻が自分の子(夫)が生き返ったと勘違いして、アヂシキタカヒコネの手足に取りすがった。すると、死者に間違えられたのをひどく怒り、剣を抜いて喪屋を切り倒し、足で蹴飛ばすと、美濃の国の藍見の河の河上まで飛んでいって、喪山になった。

二度目に遠征したアメノワカヒコにかかわって語られているのは、おおよそ以上のような話である。アメノワカヒコが弓矢を与えられて降りるというところには、最初のアメノホヒとは違って、武力遠征のさまを窺わせる。次第に遠征は、強面になっていくのである。また、アメノサグメという天の邪鬼の祖先のような神が登場し、サグメ（探る目）というイメージさながら女スパイのような動きをしたり、要約では省略したが、喪屋の儀礼に鳥が登場したり、矢がブーメランのようにもどってきたり（「還し矢の本」だと古事記にはある）、アヂシキタカヒコネとシタデルヒメ兄妹の母が胸形（宗像）の女神タキリビメ（多紀理毘売）であったり、興味深い点はいくつもあるのだが、ここでは、全体の流れに影響のある、タカギという神名について言及する。

それまでずっと、アマテラスの相棒として、時にはアマテラスよりも優位なかたちで出てきたタカミムスヒが、ここから突然、タカギと呼ばれる。右の紹介で、「アマテラスとタカギが座っている足元まで飛んでいった（逮……天照大御神・高木神之御所）」と訳した文章に続けて、原文には、「是高木神者、高御産巣日神之別名（このタカギは、タカミムスヒの別名なり）」という一文が注のようなかたちで挿入されているのだ。それによってわれわれは、唐突に登場したタカギがタカミムスヒのことだということを理解できるのである。

しかし、考えるまでもなく、話の途中で突然名を変える必然性はまったくない。なぜここで別の名が必要だったのか、説明は何もない。そして、このあとの場面では、タカミムスヒという名はいっさい使われることがなく、ずっとタカギで統一される。そのあり方は、中巻におけるカムヤマトイハレビコ（神倭伊波礼毘古命、初代神武天皇）のいわゆる東征譚に登場する場面でも一貫している。それならばいっそのこと、最初から、タカギで統一してしまえばよかったのではないか。あるいは、ずっとタカミムスヒのままでも支障は何もないはずだ。それなのに、なぜこういう突拍子もないことが生じるのか。

出雲制圧神話とそれに続く天孫降臨神話に関して、古事記のほか、日本書紀には正伝と複数の一書があり、それらの内容には異同があるが、タカギという神名が出てくるのは古事記だけである。そこから、アマテラスとタカミムスヒ（タカギ）との関係についてさまざまな議論がなされており、簡単に正解を見いだすことは困難だが、わたしなりの見解を示しておけば次のように解釈するのがいいのではないかと考えている。

アマテラスという天皇家の祖神としての太陽神には、タカギという太陽神の祭祀を行うシャーマン的な神が伝えられていたのではないか。タカギというのは、高い木の神で、それは神を寄せる神木の神格化とみてよかろう。つまり、神を祀る者に与えられる神名がタカギだったとみなしておく。一方、高度に政治化したアマテラスという最高神にはより高度な政治的な参謀神が伴うようになり、その神はタカギという素朴な神名などではなく、タカミムスヒと呼ばれるようになった。

この神名は、先に述べたように、ムスヒ（生成）という名を持ちながらまったく生成という能力をもたずもっぱら政治的にしか働かないのだが、それは、カムムスヒという生成神の対として、のちに新たに作られた神だったからだと思われる。その点からも、タカミムスヒを天皇系の古い太陽神であるとか農耕神であるとみようとする見解には従えない。そして、そのタカミムスヒの力がどんどん大きくなった国家神話では、日本書紀のように全体をタカミムスヒが飲み込んでしまい、アマテラスという至高神を祭り上げてタカミムスヒだけが前面に出てしまうというようなことにもなっていったのである。

そこでは当然、タカギという名は消えてしまうので、日本書紀にはタカギという神名がみられなくなってしまった。ところが古事記では、タカギという名はタカミムスヒに侵食されつつ遺っていた。そのために、とても中途半端なところで、「別名」という処理が必要になってしまったのではなかったか。
わたしなりの解釈は以上のようになる。現在の通説とは真逆の説明をしているように受け取られるかもしれないが、そのように考える以外に納得できる読みは見いだせないのではないかと思っている。

三度目の遠征

いつもの通り、神話や昔話の繰り返しは三回でないと落ち着かない。二度の失敗を経て、いよいよ真打ち登場ということになる。そして、二度の推薦がどちらも失敗したオモヒカネはすっかり自信を喪失しているようにもみえるが、三度目に紹介したのは高天の原最強の神である。アマテラスに問われると、「オモヒカネともろもろの神（思金神及諸神）」というかたちで「諸神」も並べられ、自信のなさが表れているが、次のように答える。

天の安の河の河上の天の石屋にいます、名はイツノヲハバリ（伊都之尾羽張神）、この神を遣わすのがいいでしょう。もしこの神でないとすれば、その神の子タケミカヅチノヲ（建御雷之男神）、この神を遣わすべきです。ただし、そのアメノヲハバリは、天の安の河の水を塞き止めて道を塞いでおるゆえに、ほかの神は行けません。アメノカク（天迦久神）を遣わして問うのがいいでしょう。

すると案の定、イツノヲハバリ（伊都之尾羽張神）はむすこのタケミカヅチ（建御雷神）を派遣するようにと進言するのである（タケミカヅチノヲとタケミカヅチは同一神）。使者として派遣されたアメノカク（天迦久神）のカクは水手のこと、船を漕ぐ神である。そして交渉の末に息子のタケミカヅチが派遣されることになり、アメノトリフネ（天鳥船神）という天空を飛ぶ鳥の船をお伴として、オホクニヌシの許へと向かうことになった。

イツノヲハバリという神は、イザナミ（伊耶那美命）が死ぬ原因となった火神カグツチ（迦具土神）をイザナキ（伊耶那岐命）が斬り殺した、その時に使った剣アメノヲハバリ（天之尾羽張）の亦名とされている。そして、そのアメノヲハバリを使ってカグツチを殺した時に生まれた八神のなかに、「御刀の本のあたりに付いた血が、まわりの岩群に飛び走り付き、そこに成れる神の名はミカハヤヒ（甕速日神）。つぎにヒハヤヒ（樋速日神）。つぎにタケミカヅチノヲ（建御雷之男神）」であったという。またそこには、タケミカヅチノヲの別名がタケフツ（建布都神）でありトヨフツ（豊布都神）だと伝えている（系図2参照）。

イツノヲハバリが、高天の原における最強の刀剣神であることは明らかで、その神の子タケミカヅチが派遣されるというのは、地上が武力によって制圧されるのだということを語っている。最初の言向けという外交的な手段による失敗は、圧倒的な武力によって取り返すしかないところに至ったのである。

そこで、タケミカヅチは、アメノトリフネに乗って地上へと降りてゆく。このアメノトリフネという神も、イザナキとイザナミによる神生みの際に、火の神を生む直前に生まれたと伝えられ（系図2参照）、そこではトリノイハクスブネ（鳥之石楠船神）の別名がアメノトリフネとされている。

> ここに、遣わされた二神は、出雲の国の伊耶佐（いざさ）の小浜に降り到ると、タケミカヅチは、その身に佩いた十掬（とつか）の剣（つるぎ）を抜き、逆さまに、その剣を揺れる波の穂の上に刺し立て、その剣の先に胡座（あぐら）をかいて座り、そのオホクニヌシに問うて言うには、「アマテラス大御神とタカギの神の仰せにより、問いに遣わせなさった者である。なんじが己れのものとして領（うしは）いている葦原の中つ国は、わが御子が統べ治めなさる国であるとお言葉を寄せ賜うた。そこで、なんじの心はいかがか」と。

伊耶佐の小浜というのは、今、出雲大社の西にある海岸、稲佐浜（いなさのはま）のこととみてよいだろう。そこに飛ぶ船に乗って降りてきたタケミカヅチは、打ち寄せる白い波頭の上に剣を逆さまに立て、その剣先に胡座をかいて座って問いかける。穏やかな口ぶりにみえるが、そのさまは脅しである。とても真似できそうにない状態でオホクニヌシに向き合うのである。それに対してオホクニヌシは、自分は答えられない、息子のヤヘコトシロヌシ（八重言代主神）が申し上げるだろうが、息子は「鳥の遊びをし魚取りをしに、御大（みほ）（美保）の岬に出かけており、まだ帰っていない」と答える。

鳥の遊びや魚取りというのは、神に備える贄（にえ）を準備することをいい、祭りの準備をするために出かけているということを表している。ちなみに、ここで神に供える鳥というのは、おそらくオオハクチョウ、魚というのはスズキ（鱸）だとみてよい。オオハクチョウは「出雲国造神賀詞」に天皇への献上品として出てくるし、スズキはこのあとのオホクニヌシの服属のことばのなかに描かれている。

また、オホクニヌシが、自分は答えられないと言っていたのは、すでに息子コトシロヌシに跡目を譲っているからだとみてよいが、そのことは祭の準備のために出かけているという説明からも理解できる。コトシロヌシはカムヤタテヒメ（神屋楯比売命）を母として生まれた神だが、その母の素性はわからない。

遠くに出かけているというオホクニヌシの言い訳も通じず、タケミカヅチはアメノトリフネを送ってコトシロヌシを連れてこさせる。するとコトシロヌシは、父の大神に対して、「恐れ多いことです。この国は、天つ神の御子に奉りましょう（恐之。此国者立奉天神之御子）」と言うなり、自分は、「その船を足で踏みつけてひっくり返し、青柴垣（あおふしがき）に逆手（さかて）を打ちなして隠れた」と語られる。

その船というのは、コトシロヌシが乗ってきた船であり、アメノトリフネに限らず神は船に乗って飛ぶことができるので、自分の船で飛びもどったということになる。曳航されてきたのかもしれない。そして、その船をひっくり返してそのなかに隠れたというのは、たんに姿を消したというよりは死んでしまったというふうに読める。イザナミ以外の神は、ふつうは死ぬことはなく姿を隠すのだが、この場面は死に近い。しかも、コトシロヌシは呼び出したタケミカヅチに対してではなく、父オホクニヌシに向かって国を奉ろうと言っているのであり、タケミカヅチの力に屈してという語り方ではないと見たほうがいい。いずれにしても、コトシロヌシは抵抗することなく身を隠してしまう。

青柴垣というのは、アヲフシガキと訓みならわされているが、神籬（ひもろぎ）のような神を寄りつかせる設えをいう。神籬というのは木の枝などを束ねてこんもりとした設えを作り、そこに神を迎える装置である。美保神社では、毎年四月七日に青柴垣神事という儀礼が行われ、ここに語られているコトシロヌシの籠もりを再現したものだと言われている。しかし、コトシロヌシが美保神社の祭神になったのは近世以降のことで、青柴垣神事は、それよりもずっと前から、死と再生を体現する儀礼として行われていたと考えられている。

タケミナカタと諏訪

タケミカヅチがオホクニヌシに向かって、ほかに何か言いそうな子はいるかと尋ねると、もうひとりタケミナカタ（建御名方神）がいるが、ほかにはだれもいないと答える。するとちょうどそこに、タケミナカタがやってくる。

タケミナカタは、千引（ちび）きの大岩を掌に乗せてやって来て、「どいつが、おれの国に来て、こそこそと嗅ぎまわっているのだ。それならば、おれと力比べをしよう」と言う。それでタケミカヅチがおのれの手をタケミナカタに握らせたが、握らせたとみるやいなやみずからの手を立ち氷（ひ）（つらら）に変え、またすぐに剣の刃に変えてしまう。それで、タケミナカタが力を入れることもできないでいると、タケミカヅチが、タケミナカタの手を摑み、まるで萌え出たばかりのやわらかな葦のごとくに握り潰し、体ごと放り投げてしまう。タケミナカタは恐れをなして逃げ出し、タケミカヅチは科野（しなの）の国の州羽（諏訪）の海に追い詰めて殺そうとした。すると、タケミナカタは命乞いをする。

許してくれ。どうかおれを殺さないでくれ。この地を除いて他（よそ）には行かない。また、わが父オホクニヌシ（大国主神）の言葉に背かないし、ヤヘコトシロヌシ（八重事代主神）の言葉にも背かない。この葦原の中つ国は、天つ神の御子のお言葉のままに、すべて差し出そう。

諏訪大社は上社も下社も、祭神はタケミナカタであり、その神が祀られる由来譚として語られている話だと考えることができる。ただし、日本書紀には正伝にも一書にも伝えがなく、古事記にしか存在しないために、この話は、あとから付け加えられたと考える研究者もいるが、そうではなかろう。出雲と諏訪との関係は、そうとうに古く、それは日本海経由でつながっていると考えなければならない。あるいは、そう考えることによって、高志を中継点としたつながりの古さは保証されるのである。

古事記には出てこないが、『先代旧事本紀』（十世紀初頭成立）という物部氏が伝える氏文によると、タケミナカタ（建御名方神）の母はヌナガハヒメ（沼河姫）で、「大己貴神、（略）高志の沼河姫を娶り、一男を生む。児建御名方神、信濃国諏方郡諏方神社に坐す」と記されている。出雲と高志（糸魚川）とのつながりの緊密さは、すでに論じた通り、ヌナガハヒメ（沼河比売）の歌謡によって確認できる。そして、それは翡翠によってつながれていた。糸魚川と諏訪とのつながりも、同様に、糸魚川産の翡翠と信州産の黒曜石の移動によって縄文時代以来の深さがあることが証明されている。そのなかで、ヌナガハヒメとその子タケミナカタの物語が、古事記の出雲神話に語られることになったのである。そして、こうした関係性は、ヤマトの側はまったく与り知らぬことがらであった。

ちなみに、タケミナカタという名については、「タケ（威力ある）＋ミナカタ（水潟）」で諏訪湖から発想された土着神をあらわすとする解釈が有力だが、その場合は出雲からの逃走神話というのは、あくまでも起源神話の様式が使われているということになる。ただ、ミナカタを諏訪湖のこととみなしてよいか、その根拠がしっかりしているわけではない。それよりも、ミナカタはムナカタの音転で北九州の海の民である胸形（宗像）氏に由来するとみたほうがいいのではないかとも考えられる。出雲と胸形との関係は、オホクニヌシとタキリビメ（多紀理毘売命）との結婚（系図6参照）によっても明らかである。また、糸魚川から姫川を南に遡った信州の安曇野は、同じく北九州の海の民である安曇（阿曇）氏が住みついたところだと伝えられているというのも留意しておきたいことだ（第一章、六四頁参照）。

タケミナカタとタケミカヅチとの力競べというのは、まさに武力制圧を象徴した神話ではないかと思う。だから、日本書紀はそれを載せなかったのではないか。手を握りあうというまるで握手のような腕相撲のような決闘だが、あるいは握手も腕相撲も、起源はそうした決闘あるいは何らかの対立の決着に至りつく、男たちの戦いだったのかもしれない。この神話には、古代ペルシャの王たちのあいだで行われていたという代理戦争のさまを思わせるところがあると、神話学者・松村武雄は指摘している。ペルシャの王書『シャー・ナーメ』には、この神話とよく似た王同士の代理戦争として、それぞれの王が抱える勇者（力持ち）を出して、腕の握り合いをさせたという話があり、それは、そうした力比べの結果によって領土紛争などを解決した表れだと松村は述べている（『日本神話の研究』）。

神話はあくまでも伝承であり、戦争をそのままリアルに描くというようなことは得意ではない。比喩的な関係を取り出すことによって、象徴的な描き方をする。そのように考えれば、ここの描写はまさに戦闘そのものである。「国譲り」には戦いなどなかったと言いたい人たちは反対するが、これもまたれっきとした戦闘なのだということを確認しておきたい。

このようにして、オホクニヌシは頼りにする息子たちを奪われ、ついにタケミカヅチと一対一で向き合うことになる。いよいよ、出雲を舞台とした最後の場面だ。

オホクニヌシの服属

諏訪からもどったタケミカヅチは、「なんじの息子、コトシロヌシとタケミナカタの二柱の神は、天つ神の御子のお言葉のままに背かないと約束した。そこで、なんじの心はいかがか」と尋ねる。これは、タケミカヅチが地上に降りた時に発したことば（「故、汝心奈何」）と同じである。どこまでも意地が悪い。それに対して、オホクニヌシもここまでては観念するしかない。次のように返答する。

わが子ども、二柱の神の申し上げたとおり、われもまた背くまい。この葦原の中つ国は、お言葉のままにことごとく献ろう。ただ、わが住所は、天つ神の御子が、代々に日継ぎしご支配なさる、ひときわそびえる天の大殿のごとくに、土の底なる磐根に届くまで宮柱をしっかりと掘り据え、高天の原に届くほどに氷木を立ててお治め下さるなら、われは、百には満たない八十の隅の、その一つの隅に籠もり鎮まっておりましょう。また、わが子ども百八十にあまる神たちは、ヤヘコトシロヌシが神がみの先立ちとなってお仕えすれば、背く神など出ますまい。

ついにオホクニヌシに最期の時がおとずれる。しかし、その態度は毅然としたもので、条件を一つだけ出す。それが、立派な宮殿を「お治めくださるなら（治賜者＝治め賜はば）」である。ここに示される宮殿のさまは、オホナムヂ（大穴牟遅神）が根の堅州の国から逃げ帰る場面で、スサノヲ（須佐之男命）によって祝福された時の、地上に立派な宮殿を建てて王になれと言われた、そのときのことばと同じである。この表現は祝詞などにも表れる常套句なのだが、オホクニヌシの神話に即していえば、ここで、治めてほしいと言っているのは、スサノヲに祝福されて建てた宮殿そのものであるということが重要だ。すでに建物はあるから、オホクニヌシは、「お治めくださるなら（治め賜はば）」と言うのである。

ここの部分を、新たに宮殿を造営すると解釈する注釈書や研究者が大半である。しかし、「治める」というのは「造る（作る）」というのとはまったく別の行為である。造・作というのは新しいものを生みだすことを言うが、治にはそういう意味はない。従来存在するものをきちんと守りとおすことが「治」であるはずだ。だから、建物でいえば、それはすでに建っていなければいけない。それに対して、「造・作」というのは新たに建てるのだ。ここでオホクニヌシが求めているのは、あくまでも「治」であるというところを読み間違えてはならない。

この場面、新たなる宮殿の造営を意味すると解釈するようになったのは、元をただせば本居宣長『古事記伝』にまで遡るのだが、そこに話題を展開するには、オホクニヌシの降伏宣言のあとに続く場面まで読まないと説明しにくい。それは、次のように展開する。

このように申して、出雲の国の多藝志（たぎし）の小浜（おばま）に、天の御舎（みあらか）を造りて、水戸（みなと）の神の孫クシヤタマ（櫛八玉神）を膳夫（かしわで）となし、天の御饗（みあへ）を献る（たてまつ）時、祈り申して、クシヤタマが鵜（う）となって海の底に入り、底の赤土を咋（く）い出て八十（やそ）の平皿を作り、ワカメの茎を刈り取って燧（ひきり）の臼（うす）を作り、ホンダワラの茎を燧の杵（きね）に作り、新たな火を鑽（き）り出して言う

ことには、（如此之白而、於出雲国之多藝志之小浜、造天之御舎而、水戸神之孫、櫛八玉神為膳夫、献天御饗之時、禱白而、櫛八玉神化鵜、入海底、咋出底之波迩、作天八十毘良迦而、鎌海布之柄、作燧臼、以海蓴之柄、作燧杵而、櫕出火云、）

少々わかりにくい現代語訳になっているのは、うしろに添えた原文と照合すればわかる通り、主語などを加えず原文通りに訳したからである。そのような訳にしたのは、この部分では主語が大きな問題になってくるからだ。

冒頭の、「このように申して（如此之白而）」の主語は、直前に降伏宣言したオホクニヌシであることは疑う余地がない。とすれば、そのあと「天の御舎を造」るのも、「天の御饗を献る」のも、「祈り申」すのも、主語はすべてオホクニヌシだということになる。ところが、本居宣長はそのようには解釈しなかった。いや、原文通りに読むとすべてオホクニヌシを主語と解釈しなければならないが、それは間違いであり、原文には脱落があると考えたのである。そして、宣長は、元の文章を次のように復元してみせた。

如此之白而【乃隠也。故、随白而、】於出雲国之多藝志之小浜……

（かく白(まを)して、【すなはち隠(かく)りましき。故(かれ)、白(まを)したまひしまにまに、】出雲の国の多藝志の小浜に……

宣長は、「乃隠也故随白而」の部分について、「此七字は、今己が補(クハ)へたるなり」と言い、その理由を、「乃隠也の三字を補(クハ)へて、大国主神の上(ウヘ)より云語(イヘルゴ)を結終(トヂシメ)て、界限(サカヒ)とはしつ」と説明したのである（『古事記伝』巻一四。結のルビ「シメ」は原文には「〆」とある）。

つまり主語がずっとオホクニヌシであるというのは問題であり、「乃隠也」を加えてオホクニヌシの主語をここで終わらせ、「故」以下の主体を天つ神（タケミカヅチ）の側に転換させるというのが宣長の解釈であった。そうすることによって、「天の御舎」を杵築大社（出雲大社）のこととみなし、それを造ったのは天つ神であると解したのである。

それに対して近代の研究者の多くは、この七文字の挿入を学問的ではないと批判して排除しながら、文脈の解釈に関しては宣長のいう「界限」を認めるという、とんでもない二重性を受け入れてしまった。宣長が主語の転換を正当化するために見いだした七字の挿入については学問的でないとして否定しながら、宣長の解釈（妄想）だけは受け継ぐという、とても考えられない非科学的な離れ業を、近代の研究者たちは疑問に思わなかったのだ。

そうなってしまったのは、「治」という語へのこだわりが薄いために、「造（作）」と同じだとみなしてしまったからではないかと思う。そして、その根底にあるのは、出雲大社のような壮大な建造物を、出雲という辺境の者たちが単独で造れるわけがないという根拠のない中央（ヤマト）絶対主義であり、古事記の内部でみれば、根の堅州の国から逃げ出したオホナムヂ（オホクニヌシ）に対するスサノヲの祝福句の内容を、この場面とつなげて考えようとはしなかったためである。

前に述べたように（一九一〜一九二頁）、角田（すみだ）遺跡から出土した大壺（一九八〇年発掘）に描かれた絵をみれば明らかな高層建造物が、日本海沿岸の文化を象徴するということが判明したのは近年のことである。そうした点を考慮すれば、先進文化をもつヤマトの側が建てたと解してしまったのも致し方のないことだったとはいえるだろうが。

主語の転換を認めることによって、「天の御舎」は出雲大社（杵築大社）のことであるという認識が確定した。というより、「天の御舎」を出雲大社にするために、主語の転換は是が非でも必要だったのである。そして、その建物に祀ったオホクニヌシの祭祀を、天つ神の配下のクシヤタマに命じて行わせたという通説ができ上がっていった。しかし、残念ながらそうではない。文脈をすなおに読めば、「天の御舎」はタケミカヅチに服属のしるしの饗(あえ)を差し上げるために準備した建物なのである。

水戸(みなと)の神というのは、古事記を探すと、イザナキ・イザナミの結婚によって生まれた神のなかに、「水戸の神、名はハヤアキツヒコ（速秋津日子神）、つぎに妹(いも)ハヤアキツヒメ（速秋津比売神、神名の「秋」は借訓で、「開(あ)き」の意、海に開いた河口の神をいう）」がいる（系図2参照）。その孫がクシヤタマかどうかは定かではないが、そもそも、水戸の神の孫が高天の原に本籍をもつとは考えにくい。このあたりの神話に出てくる神や事物に「天の〜」という称辞が付くのは、その起源が高天の原にあるというのではなく、「高天の原」風に装おうとしているからである。

ことにクシヤタマという料理人の神は、どう考えても国つ神に属しており、オホクニヌシの配下にいる神とみなすべきである。だから、その神に命じて、オホクニヌシは、饗応の準備をさせ、服属儀礼を行うのである。それを、天つ神（タケミカヅチ）が、クシヤタマに命じてオホクニヌシを祀る準備をさせていると読んだのでは、この場面が何を語ろうとしているのか、まったく説明できないと思うがいかがか。

服属した者たちが征服した者に対してご馳走するというのは、カムヤマトイハレビコ（神倭伊波礼毘古命）の東征譚などに出てくる通りである。配下の戦士たちを労(ねぎら)うことはあっても、勝った者が負けた者にご馳走するなどというのは見たこともない聞いたこともない。したがって、最後に語られるのは、その服属儀礼の場においてなされた敗者オホクニヌシの唱えごと（寿詞）である。

　この、わが燧れる火は、高天の原においては、カムムスヒ（神産巣日）の祖神様が、ひときわ高くそびえて日に輝く新しい大殿に、竈の煤が長く長く垂れるほどに焚き上げられるがごとく、いつまでも変わらず火を焚き続け、地の下はというと、土の底の磐根までも焚き固めるほどに、いつまでも変わらず火を焚き続け、その火をもちて贄を作り、強い縄の、千尋もの長い縄を長く遠く延ばし流して、海人が釣り上げた、口の大きな、尾も鰭もうるわしい鱸を、ざわざわと（佐和佐和迩）海の底から引き寄せ上げて、運び来る竹の竿もたわわたわわに（登遠遠登遠遠迩）、おいしいお召し上がり物を献ります。

　寿詞らしく少し修飾を加えて訳したが、ここに唱えられているのは、出雲におけるもっともだいじな「真魚」である鱸を釣り上げ調理するさまであり、それがいつまでも変わらず続くことを約束しているのである。それゆえに、この寿詞に直結する出雲神話の末尾は、「ゆえに、タケミカヅチは、高天の原に帰り参って、葦原の中つ国を和らげ平らげたさまをこまかに申し上げた」というかたちで終わるのである。

このように読むと、天つ神の側が出雲大社を造営したということにまったくふれていない理由がわかるだろう。それは、造る必要がないからである。オホクニヌシの要求は、将来における「治め賜はば」であって、切迫した要求ではない。今は立派な宮殿がありオホクニヌシが住まいに困っているわけではないのだから。しかし、それですべてが片づいたわけではない。

先になって、ここで出された「治め賜はば」という条件の履行を求めるという事態が生じる。イクメイリビコ（伊玖米入日子、第十一代垂仁天皇）の時代、天皇の御子ホムチワケ（本牟智和気）の病（物を言わないこと）が出雲の大神の祟りだとされる事件がそれである。古事記では、出雲大社の修造問題が天皇の代になって改めて問題化することになる。

日本書紀正伝の場合

古事記が大きな分量を割いて語ろうとした出雲の神がみの物語を、日本書紀は一書の一部を除いてまったく取りあげようとはしていない（対照表四・五参照）。それは、律令国家にとって出雲という世界は、山陰道の一国であり、特別な世界としてあったのではないという主張だとみればよい。ところが、本章で読んできたオホクニヌシの制圧に関しては、日本書紀も黙殺することはできなかった。なぜなら、そのあとの天孫降臨というもっとも重要な神話を語るための露払いのような場面がほしいからである。そこで、正統の伝えとして認定された正伝（第九段）の場合、要約して紹介すると次のようなかたちで地上制圧神話を展開する（対照表の六に相当する部分）。

アマテラス（天照大神）の児アメノオシホミミ（天忍穂耳尊）とタカミムスヒ（高皇産霊尊）の娘タクハタチヂヒメ（栲幡千千姫）が結婚し、外孫ホノニニギ（火瓊瓊杵尊）が生まれた。「皇祖（みおや）」タカミムスヒは、愛おしみ育てた「皇孫（すめみま）」ニニギを葦原の中つ国の主（きみ）にしたいと思った。しかし、「その地（くに）は多くの蛍（ほたるび）火のように妖しく光る神やざわめく邪神がおり、また草木がことごとく物を言う（彼地多有蛍火光神及蠅声邪神、復有草木咸能言語）」、そのような荒涼としたさまであった。

そこでタカミムスヒは、神がみにどの神を派遣すればいいかと相談し、アメノホヒ

（天穂日命）、アメノワカヒコ（天稚彦）を送り込み、どちらも失敗すると、フツヌシ（経津主神）にタケミカヅチ（武甕槌神）を副えて遣わす。二神はコトシロヌシ（事代主神）を従わせ、頭領オホナムヂ（大己貴神）に迫る。

するとオホナムヂは、頼みにする子もすでに避去ったので私もまた避去ることにすると言うと、国を平らげた時に衝いていた広矛を二神に渡し、「わたしはこの矛で功をなした。天孫がもしこの矛をもって国を治めたならば、かならず平安になるだろう。今まさにわたしは、百足らず八十隈に隠去れよう」と言い、ついに隠れた。そこで、二神はもろもろの従わない鬼神等を討伐し、天にもどって復命した。

オホクニヌシという名が用いられないとか、魑魅魍魎が跋扈する世界として地上がイメージされているとか、三番目に降りてくるのがフツヌシ（経津主神）とタケミカヅチ（武甕槌神）になっているとか、諏訪に鎮座したというタケミナカタが出てこないとか、古事記と違うところはいくつもあるが、大よその展開としては古事記と同じとみてかまわないだろう。フツヌシという神は、タケミカヅチが佩いている刀剣が持ち主から離れて神格化したもので、それだけ軍事制圧の印象を強くしていったものとみなすことができる。また、オホナムヂが差し出したという、「広矛」は、荒神谷遺跡（島根県出雲市斐川町）において銅剣三百五十八本とともに出土した十六本の幅が広く大型の銅矛を想起させるが（銅矛の出土は一九八五年）、王のレガリアと言ってよい呪具なのであろう。

この日本書紀正伝と古事記とを比べた場合、両書のもっとも大きな相違点は、日本書紀正伝には、服属を承諾する場面に、自分の住まいに関する要求が出てこないということである。ここでは、オホナムヂはみずからの力を象徴する広矛を差し出すことによって、すべてを放棄し隠れてしまう。何らの要求も出さない無条件降伏だった。それはおそらく、オホナムヂという神は、地上に無数にいた蛍火のように妖しく光る神やざわめく邪神どもの一種のような存在でしかなかったからである。

この語り方が、律令国家における地上制圧神話の理想のすがたであった。魑魅魍魎が跋扈する葦原の中つ国のなかで、その象徴としての出雲の邪神に少しばかり手こずったが、最後は完全に制圧し地上を手に入れた。そのように語ることによって、次の天孫降臨を導き出せるからである。

第九段第二の一書の神話

日本書紀正伝とはまったく別の神話を伝えるのが、第九段第二の一書である（ちなみに、その前に置かれた第一の一書では、オホナムヂは何ら抵抗することもなく降参する）。そして、第二の一書に載せられた神話が、後世の出雲大社を、あるいは出雲信仰を支える精神的支柱になっていくのである。

タカミムスヒに命じられ、地上に派遣されたフツヌシとタケミカヅチが、オホナムヂに地上の献上を迫ると、オホナムヂは、ほんとうはここに来たのではなかろうと疑い、要求を拒否する。そこでフツヌシが高天の原にもどって報告すると、タカミムスヒは改めて、オホナムヂに対する条件を提示する。その内容を、要約して紹介すると次の通り。

> あなたが言うことは道理である。そこで、順序立てて説明する。今まであなたが治めていた「明らかなこと（顕露之事、地上支配をいう）」は、今後は皇孫が治める。今後あなたは「神の事」を治めよ。また、あなたの住む「天の日隅の宮」は今すぐ造ろう。その造営する宮殿は頑丈な縄を用い、柱を高く聳やかし、板を広く厚くし、田も作ろう。また、往来して海で遊ぶための具えや天の安の河に打ち橋を造り、たくさんの頑丈な白楯も造ろう。また、あなたの祭祀をつかさどるのは、アメノホヒ（天穂日

命）である。
タカミムスヒから提示された条件を聞いたオホナムヂは、その内容に満足して要求を受け入れ、「わたしが治めている顕露事（あらわなること）は皇孫が治め、わたしは退いて幽事（かくれたること）を治めよう」と述べ、その身に瑞（みず）の八坂瓊（やさかに）をかけて隠れた。

提示された「顕露之事」と「神事」との分掌を、オホナムヂはそのまま「顕露事」と「幽事」と言い換えて受け入れてしまう。はたしてそれでよいのかとオホナムヂに問うてみたくなるのは、読む側からみると、体よく地上の支配権を捨てさせられただけではないかと感じてしまうからである。

そうではなくて、古代において神を祀ることの重要性を考慮すれば、これは対等な取引だという理屈も成り立つかもしれない。それでも釈然としないのは、天つ神の側から、この逆の条件が提示されることはありえないからである。

どう考えても不平等な条件だから、それを誤魔化すようにさまざまな付帯事項が示される。そしてその第一に、宮殿の造営が約束されるのである。古事記と似ているように見えながら、「治め賜はば」というのとはまったく違う新たな造営が述べられている。また、その建物のオプション項目のように、田や海や安の河の整備が示される。

加えて、アメノホヒという祭祀者の指名もなされる。神にとって祀られることこそ重要なことだというのは、古事記におけるオホモノヌシ（大物主神）がオホタタネコ（意富多多泥古）という祭祀者を要求した話（崇神天皇条）を例にだすまでもなかろう。そして、このアメノホヒが出雲臣の祖として伝えられているのは古事記も日本書紀も同じだが、オホナムヂ（オホクニヌシ）の祭祀をつかさどることを明記するのは、この場面以外には存在しない。

こうした諸点を考慮していえば、この第九段第二の一書は、律令国家の意図を十分に踏まえた上で語られている神話だという見当をつけることができる。つまり、古事記などに比べるとずっと新しい神話だということである。そして、日本書紀正伝よりも律令国家の意図を体現しているとさえ言ってよい。

付記すれば、ここに生まれた新たな神話を大きく展開させたのが、本居宣長に並ぶ近世の国学者、平田篤胤であった。平田の主張する「幽冥論」は、日本書紀第九段第二の一書の立場を受け継いで出てきた解釈であり、その平田の思想と日本書紀一書の神話を受け継ぐことによって、近代における出雲信仰は確立されることになった。その中心人物が、第八十代出雲国造となった千家尊福である。これら近代における出雲信仰の諸問題については、原武史『〈出雲〉という思想』および岡本雅享『千家尊福と出雲信仰』を読んでいただくのが最善である。

出雲国造神賀詞と出雲国風土記

ここに取りあげた日本書紀の第九段第二の一書に語られる神話を発展させるかたちで「出雲国造神賀詞」の神話も現れたと考えてよいだろう。

出雲国造神賀詞というのは、出雲国造（出雲臣）が世襲による新たな国造就任を天皇に親任される際に唱えられる寿詞だが、そのなかで語られる神話において、アメノホヒが大活躍して地上制圧に大きな功績をたてたことを語ったのに続いて、オホナモチ（大穴持命）と三人のむすこがヤマト（大倭）の四隅の守り神になることを誓う場面がある。それによると、オホナモチは、自分の和魂を八咫の鏡に取り掛けて、「倭の大物主くしみかたまの命（倭大物主櫛𤭖玉命）」と名を称えて、大御和の神奈備（桜井市の三輪山のこと）にお祀りし、自分の子アヂスキタカヒコネ（阿遅須伎高孫根乃命）の御魂を葛木の鴨の神奈備（御所市の高鴨神社）にお祀りし、コトシロヌシ（事代主命）の御魂を宇奈提（橿原市雲梯町の河か）にお祀りし、カヤナルミ（賀夜奈流美命）の御魂を飛鳥の神奈備（明日香村のミハ山保神社）にお祀りして、皇孫の守り神としてお仕えすると唱えるのである。

このように天皇の住まうヤマトの四方の隅にみずからの分身と三柱の御子神を配し、その力によって地上を治める皇孫を守ることを誓うのが神賀詞である。天皇とのあいだに交わされるこのような関係は、「顕露之事」を天皇が、「幽事（神事）」をオホナムヂが分担するという日本書紀第九段第二の一書の神話がなければ成立しがたいものであった。

ここに示されているのは、出雲の側の立場でありつつ、それは、律令的な支配観念を踏まえてしか出てこないものである。その点で、古事記の制圧神話に語られる出雲とヤマトとの関係とはまったく違っているというしかない。出雲国造神賀詞に描かれる神話は、そのような段階において生じたものであり、日本書紀的神話観を受け継いでいるとみられるのである。そして、そうしたあり方は、出雲国風土記のなかにも同様に表れている。

出雲国風土記は、出雲国造を勘造（編纂）責任者として律令国家の要求を受けて編まれた地誌である。そのなかには、古事記や日本書紀に描かれた神がみの世界とは別の神話や伝承が伝えられており、興味深い内容のものが多い。しかし、基本的な枠組みは、日本書紀と同様の律令的な観念に規制されているとみなければならない。

たとえば、意宇郡母理郷の記事に、オオナモチ（大穴持命）が、越の八口を平定して還ってきた時、ここまで来て、「わたしが造り治めていた国は皇御孫に奉ろう。ただ、八雲立つ出雲の国は、わが鎮まる国として青垣山を廻らし、珍玉を置いて守ろう」と言ったので、文理というようになったという伝承がある。

この伝承に出雲独自の領域観や支配観が込められているとみる立場もあるが、この発想は、先の日本書紀第九段第二の一書がなければ生じなかっただろう。「顕露之事」と「幽事（神事）」というかたちで地上から排除されてしまったことを踏まえて、改めて出雲だけはという主張が出てきたのである。けっして、この伝承が日本書紀以前に出雲という地に存したのではないとみたほうがいい。

同様のことは、同じく出雲国風土記楯縫郡の、楯縫という地名の由来を語る杵築（出雲）大社の造営伝承にも言えることである。そこでは、カムムスヒ（神魂命）が、「五十足る（じゅうぶんに整った）天の日栖の宮殿の縦と横との尺度でもって、千尋もの長い長い楮の縄を用いて、あらん限り百八十か所も頑丈に柱や桁や梁を結んで結び目の縄を垂らし、この天の尺度をもって、天の下をお造りになった大神の宮殿をお造り申しあげなさい」と仰せになって、御子アメノミトリ（天御鳥命）を楯部として天下しなさったところが楯縫の地であると語られている。

カムムスヒという神が出雲の祖神としてさまざまな神話に語られているのは、古事記や出雲国風土記にみることができるが、この伝承の場合は、あきらかに日本書紀第九段第二の一書と出雲国造神賀詞に語られている内容が踏まえられている。そこからみれば、ここに登場するカムムスヒは、律令化された段階のカムムスヒであって、出雲という土地で元から伝えられていたカムムスヒとはいささか性格を異にしていると言わなければならないのだと思う。古事記的な性格を見いだせるとすれば、それは古事記上巻冒頭に登場する、タカミムスヒと並べられて高天の原に置かれたカムムスヒの姿であって、出雲の神がみの祖神として信仰される御祖カムムスヒではなくなっている。もう一歩踏み込んでいえば、ここのカムムスヒはタカミムスヒの誤りではないかとも考えられる。

古事記における出雲

古事記の神話がいかに日本書紀とは違ったものであるかということは、以上の論述によって理解いただけたはずだ。スサノヲが地上に降り、出雲でヤマタノヲロチ（八俣遠呂智）を退治したあとの物語は、すべて出雲を舞台にして、出雲の神がみの活躍と滅びを語ってきた。その分量たるや、古事記神話の四割を超している。なぜ、これだけ大きな割合を占めて出雲の神がみの物語を語らなければならなかったのか、そこに古事記という作品の本質があるのだとわたしには思われる。

古事記というのは決して、アマテラスや天皇たちだけに向いて語られ描かれた書物ではないのだとわたしは主張し続けている。そこには、滅びへの眼差しが濃厚に窺えるからである。神話におけるオホクニヌシがその典型であり、中巻や下巻においても、ヤマトタケル（倭建命）やマヨワ（目弱王）に代表される志半ばで死んでしまう御子たちや人びとに、語り手の視線は向き合っている。日本書紀に、そうした認識がまったく窺えないのは、国家の正史として当然だと言える。そうしたあり方の違いを通してみた時、古事記の位相は明らかになるはずである。

そして、そうでありつつ、最終的には天皇の地上支配という結末へと向かって神話は収束する。それが現実ということなのであろうか、いよいよ話題を最終章に移す時がきた。

第七章　地上に降りた天つ神

【アマテラスの系図】（系図9）

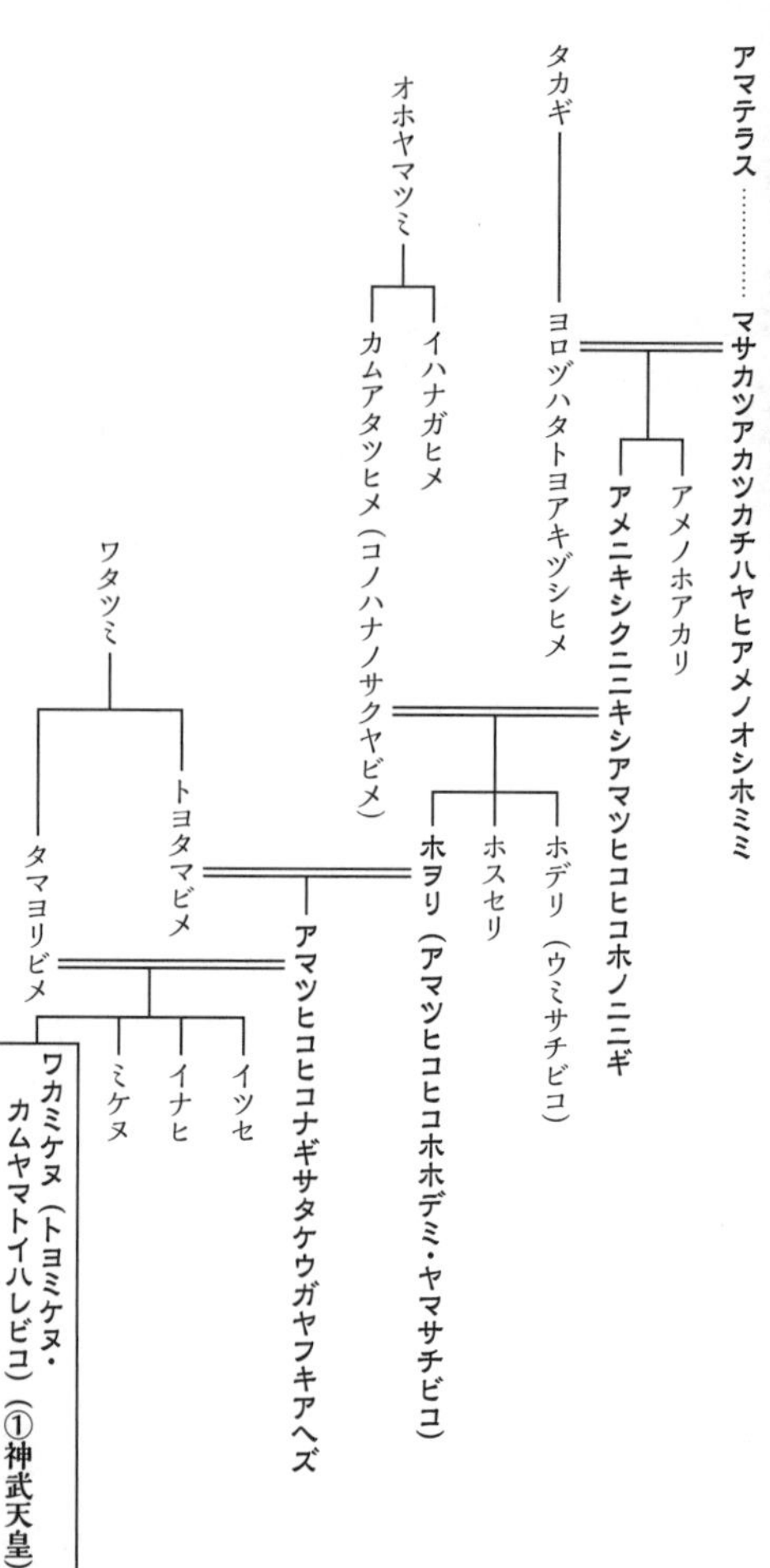

ニニギの誕生

神話の舞台は、タケミカヅチ（建御雷神）から地上制圧の報告を受けた高天の原にもどる。以下、いよいよ神話の最終章にあたる部分だが、内容は、いわゆる天孫降臨神話と日向(ひむか)神話とによって構成されている。高天の原からアマテラス（天照大御神）の子孫が地上に降りてきて、日向の地で結婚を繰り返して繁栄するという展開になる。そして、その最後に初代天皇になる子が誕生するところで上巻は閉じられる。

アマテラスとタカギ（高木神）は、御子マサカツアカツカチハヤヒアメノオシホミミ（正勝吾勝々速日天忍穂耳命、以下オシホミミと略称）に、平定した地上に降りるように伝える。ところが、わたしにはすでに子どもができたので、その子アメニキシクニニキシアマツヒコヒコホノニニギ（天迩岐志国迩岐志天津日高日子番能迩々藝命、以下ニニギと略称）を下ろしてほしいと言い出した。この子というのは、オシホミミとタカギの娘ヨロヅハタトヨアキヅシヒメ（万幡豊秋津師比売）とが結婚して生まれた二柱の子のうちの次男であった（系図9参照）。

長い神名が出てくるが、その多くはほめ言葉の羅列である。オシホミミについては第六章冒頭でふれたが、高天の原神話におけるウケヒの際に語られていた出生に由来するほめ言葉、ニニギの場合は、アメニキシクニニキシは天と地のにぎわしさをほめる言葉（末尾のニニギも）、アマツヒコは天なる太陽の子という出自をあらわす賛辞である。実体としては、両神に共通する「ホ」が稲穂のホをあらわし、それが稲作にかかわる天つ神の力を象徴している。女神の名は、ヨロヅハタのハタが機織りのハタで女性の性役割によって生産される「布」をあらわし、アキヅはトンボの羽根のような布でほめ言葉、ヨロヅ（万、たくさんの）もトヨ（ゆたかな）もほめ言葉で絹布の生産にかかわるらしい。稲作と養蚕（機織り）が高天の原のアマテラスを起源として地上にもたらされたというのが、天皇家の信仰と神話を支える根幹になっていることを考えれば、ニニギとその両親の神名およびニニギの地上降臨は、天皇家の起源を保証する上で最重要の神話だといえる。ただし、稲作や養蚕の起源が天皇家に独占されてあったものではないということは、第三章で論じたスサノヲ（須佐之男命）のあり方をみれば明らかである。

ここで注目しておきたいのは、前章の途中でタカミムスヒ（高御産巣日神）から改名したタカギの娘がアマテラスの孫ニニギを生むというあり方である。こうなると、タカギは、単なる高天の原の政治神という立場から最高神アマテラスと並んで天つ神の祖神となり、外戚としてその権威を揺るぎないものにしたことになる。こうしたあり方を考えると、天皇家と藤原氏との歴史的な関係に重ねてみたいという欲望を抑えがたくなる。

わたしは、古事記に藤原不比等の力が関与しているという、上山春平や梅原猛あるいは大山誠一らの見解に与しようとは考えていないが、ここに示された天つ神たちの結婚に関していえば、中臣鎌子（鎌足）が藤原という氏を与えられ、その子藤原不比等が、娘の宮子を文武に、安宿媛（あすかべひめ）（光明子）を聖武に嫁がせるという、のちの摂関政治の基となった外戚による政治支配という構造を髣髴（ほうふつ）とさせるものであることは疑いようがない。そうした政治構造が、神話における結婚関係にどれだけ関与しているかというのは測りがたいところがあるのだが、まったく無関係であったとは言い切れないように思う。

そして、その関係は、日本書紀においてより顕著に表れており、それは、律令の編纂に藤原不比等が関与し内廷にも深く食い込んでいたということが影響しているのではないかという想定を可能にする。そうした政治的な思惑が何らかのかたちで古事記の神話にも波及しているという観方ができるのではないだろうか。ただし、不比等が古事記の成立にかかわっていたというようなことは、まず考えられないと思う。ちなみに、日本書紀では、ニニギを地上に降ろすことは地上平定の前の段階でアマテラスによって決定されており

（第九段正伝）、タカミムスヒの血を受けたニニギこそが重要であるということを示している。それに対して古事記の場合は、オシホミミが降りるはずが急遽変更されたという展開をとっているのは興味深い。

お伴の神がみ

オシホミミの申し出を受け、改めてニニギに対して地上への降下が命じられる。そこでニニギが天降りしようとすると、その途中の八衢（八つ辻）に、高天の原から葦原の中つ国までを光り輝かす神がいることがわかり、アマテラスとタカギは、アメノウズメ（天宇受売神）に命じて偵察させた。ウズメが命じられたのは、か弱い女神だが、向かい合うと面で勝つ神だからというのである。そこで、ウズメが八衢に降りて確認すると、ウズメの顔面に圧倒された相手は国つ神サルタビコ（猿田毘古）と名告り、天つ神の先払いをしようとして待っているのだと答える。

途中の安全も確認され、ここにようやく、お伴として、アメノコヤネ（天児屋命）、フトダマ（布刀玉命）、アメノウズメ、イシコリドメ（伊斯許理度売命）、タマノオヤ（玉祖命）の五柱の神を添えて、高天の原から降ろされることになった。また五神に加えて、アマテラスを招き出した八尺の勾玉と鏡および草那藝の剣、また常世のオモヒカネ（思金神）とタヂカラヲ（手力男神）とアメノイハトワケ（天石門別神）も副えて、「この鏡はもっぱらわが御魂として、わが前に額ずくがごとくに祈り祀りなさい」と仰せになり、つぎに、「オモヒカネは、このことを司どり祭りごとを執り行いなさい」と仰せになった。そこで、この二柱の神は佐久久斯侶五十鈴の宮を拝み祀っている。そして加えて、五十鈴の宮（伊勢神宮）の祭祀にかかわって、御食つ神であるトユウケ（登由宇気神）の神が、外つ宮の度相にいます神として祀られたことを述べ、アメノイハトワケはクシイハマド（櫛石窓）ともトヨイハマド（豊石窓）ともいうと説明する。

　お伴として降りてきた五柱の神がみは、順番に、中臣連らの祖神、忌部首らの祖神、猨女君らの祖神、作鏡連らの祖神、玉祖連らの祖神とされ、いずれも祭祀にかかわる氏族の祖で、神話のなかでは、アマテラスが石屋に籠もった時に、祭りに見せかけた大芝居をしてアマテラスを石屋から引き出すのに功績のあった神がみである。また、オモヒカネもタヂカラヲも同様に石屋神話で活躍した神だが、門の神とされるアメノイハトワケだけは初顔である。石屋を閉ざしていた戸の神格化であろう。

　アマテラスは、鏡を「わが御魂」として祀るように言い、オモヒカネにはその鏡を祀る役割を担当するように言ったと解釈できるので、議論のあるところだが、サククシロ五十鈴の宮を拝み祀る「二柱の神」というのは、「鏡」とオモヒカネのことをさしていると解釈した。サククシロは五十鈴に掛かる枕詞で、腹を割いたような形の拆鈴を付けた釧（腕輪）のことという。あるいは花が咲いているように鈴が付いた釧の意か。

　五十鈴の宮は伊勢神宮の内宮のことで、外宮（アマテラスの食事を担当するトユウケの神を祀る）もここに並べられている。ところでその内宮に祀られる鏡だが、三種の神器のうちの一つとされる鏡が、いつ伊勢の地に祀られることになったか、古事記にはこの場面以外に記述がない。日本書紀の場合は、よく知られているように、神器は高天の原から日向に降り、その後は天皇とともに移動していたらしく、イクメイリビコ（活目入彦、垂仁天皇）の時代になって、鏡はヤマトヒメ（倭姫命）とともにヤマトから近江、美濃を巡って伊勢の地に移って祀られることになったと伝えられている（二十五年三月条）。

　ところが、古事記にはそうした移動をどこにも伝えておらず、この場面を読むと、アマテラスに命じられてオモヒカネとともに直接伊勢に降りたと考えられていたのではないかと思わせる。古事記がそう読めると断定することもむずかしいのだが、そのように考えられている段階もあったということか。ただし、そうなると、古事記で、ヤマトタケル（倭建命）が伊勢から熱田の地へと運んだことになっている草那藝の剣は、どの段階で伊勢の地に置かれることになったのかという点が問題になってしまう。天皇家の神器が伊勢と熱田に祭られることになった歴史的な事情と、それが神話的に説明される由来譚との関係に、ここでは深入りできないが、複雑な事情があったというのは明らかである。

高千穂へ

まるで、のちの阿弥陀来迎図のような印象を与えるのだが、いよいよニニギは、お伴の神がみを従え、先払いに仕える、アメノオシヒ（天忍日命）とアマツクメ（天津久米命）という武神（大伴連らの先祖と久米直らの先祖）を先頭に、高天の原から降りてくる。その場面は、次のように語られている。

さてここに、アマツヒコホノニニギ（天津日子番能迩々藝命）は、天の石位を離れ、天の八重たな雲を押し分け、力づよく道を踏み分け踏み分けて（伊都能知和岐知和岐弖）、天の浮橋にしっかりとお立ちになると（宇岐士摩理蘇理多多斯弖）、筑紫の日向の高千穂の霊力あふれる嶽（久士布流多気）に天降りなされた。

かっこに入れた部分は原文で音仮名表記になっており、韻律的な古い詞章を背後にもっていることを想像させる言い回しになっている。ニニギは、高天の原からいったん天の浮橋に降り、そこから高千穂の嶽の頂上に降りてきたのである。

かくて、地上に降りたニニギは、「ここは、韓（から）の国に向かい、笠沙（かささ）の岬にもつながり通っており、朝日がまっすぐに射す国、夕陽が照りわたる国である。ゆえに、この地（くに）はとてもすばらしいところである」と言って、立派な宮殿を造営して住むことになった。

このようにして天孫降臨は行われたのである。

ここに語られているような天空から高い山の頂に降りてくるという建国の起源を語る神話は、北方系の神話に共通するとされている。古朝鮮に伝わる檀君（だんくん）神話や伽耶（かや）（三〜六世紀ころに朝鮮半島中南部にあった国）に伝えられた首露（しゅろ）神話などもそうした系統に属する神話とみなすことができ、ニニギが高天の原から高千穂に降りたという神話は、北方系建国神話の典型的な話型によっているとみなすことができるのである。そうした天孫降臨と呼ばれる神話の伝来は、およそ三〇〇〇年ほど前にあったとされる弥生時代を形成する人びとの日本列島への渡来と重ねて考えることができる。その象徴的存在が天皇家の祖先たちであったとみなせば、こうした神話が天皇家の祖神のこととして語られている理由もわかるはずである。

前章で確認した地上制圧神話が、出雲を舞台として、オホクニヌシ（大国主神）という神の服属というかたちで語られていたのに、天孫降臨が遠く離れた九州の日向を舞台にしているのはなぜか。

まず考えられるのは、出雲の制圧を語る神話と、日向を舞台とした天孫降臨神話とは、もとは連続する神話ではなかったということである。そして、出雲制圧の背後には、ヤマトと出雲とのあいだに生じたらしい、歴史的な何らかの対立葛藤が窺えるのに対して、日向という地が天孫降臨の舞台になったのは、歴史的な事実の反映というよりは、日本列島における日向の位置という問題が影響しているように思われる。

この神話に登場する日向は、律令国制による日向国（現在の宮崎県）にそのまま重なるかというと、そうではなかったらしい。もともと、九州南部は、地域名称としては熊襲（くまそ）と呼ばれていた。その範囲はクマとソという二つの地域で構成されており、クマは南九州の西半分（鹿児島県の薩摩地域と熊本県南部）、ソは南九州の東半分（鹿児島県の大隅地域と宮崎県）に相当する地域であった。比較的遅くまでヤマトの勢力下に入らず、隼人（はやと）と呼ばれる人びとが棲む辺境と中央からは考えられていた。

そのクマソが、ヤマトタケル（倭建命）によるクマソ征伐譚などに象徴されるヤマト勢力の侵攻によって征服され、ヤマトの勢力下に組み込まれていく。そうなると、クマソと呼ばれていた地域は全体がヒムカ（日向）と呼ばれることになったらしい。天孫降臨神話に語られている日向というのは、そうした段階のヒムカであるとみなしてよい。それが、八世紀初頭になると、行政組織が整えられ、日向から割譲されるかたちで薩摩国と大隅国が建国される。歴史的にいうと、大宝二（七〇二）年に薩摩国が、和銅六（七一三）年に大隅国が成立し、残された地が律令国制の日向国になったのである。

したがって、ここに描かれている高千穂の嶽を現実の地図上にあてはめるというのは困難なことだといわざるをえない。遅くとも江戸時代にはすでに、宮崎県西臼杵郡の高千穂（宮崎県北部の高千穂町）と、鹿児島と宮崎の県境に位置する霧島連峰のなかの高千穂峰と、二つの高千穂が存在し、両者のあいだで綱引きが行われていた。それは、以下に展開される日向神話における三代の神がみの居所や墓所などを巡る争いにもなっていくのだが、幕末以降は、圧倒的に薩摩の政治力が強かったという理由で、鹿児島県内にそれらの遺跡を比定する考えが有力になり、高千穂の地も、南の高千穂のほうが優勢になって現在に至っているとみなすことができる。

この神話に描かれていることについては、歴史を背景として実体的に考えるよりは、神話的な構造のなかで考えるという方向がよいのではないか。そういう点でも、出雲神話と呼ばれる部分と日向神話と呼ばれる部分とでは、その性格はずいぶん異なっているとみるべきであろう。

神話的に言うならば、始祖王は、苦難の遠征（旅）を経ながら王都へと入って国を建てたと語るのが建国神話の重要な様式として存在する。それを考えると、最初に天から降りてきたという山は、辺境にあることが必要だったとみなければならない。それゆえに日向の地が選ばれたのであり、そう考えれば、降臨の地としては日向のなかでもより遠い霧島連峰の高千穂がふさわしいとは言えるだろう。

最初の結婚

このあと展開するのは、三代にわたる神がみの日向での日々である。主要な話題が結婚と子孫の誕生になるのは、この種の神話としては常套的であろう。潜竜（せんりょう）というには明るすぎる物語かもしれないが、王として即位する日を待つということに変わりはない。その結婚が語られる前に、地上の道案内をしたサルタビコを、ニニギの命令によってアメノウズメが本貫の地である伊勢まで送り届けたというエピソードが語られる。

話題としては、本筋から外れるが、なかなか微笑ましい穏やかな話題である。そして、そこには、伊勢の海人の祖とみられるサルタビコの贄献上の由来と、ウズメを祖とするという猨女君（猿女君とも）という一族の名前の由縁が語られている。サルタビコの場合は、水に溺れるさまを演じる服属儀礼が語られており、あとで出てくる薩摩隼人の服属儀礼とよく似ているようにみえる。直接のつながりはないが、どちらも海人系の人びとである。猨女という一族は、宮廷の祭祀と芸能にかかわっていたらしい。

地上に拠点を作った天つ神は、いよいよ子孫の繁栄に勤しむことになる。

ここに、アマツヒコヒコホノニニギ（天津日高日子番能迩々藝能命）は、笠沙の岬に出かけて、うるわしい美人に出逢うた。そこで、「だれの娘ごか」と問うと、「オホヤマツミ（大山津見神）の娘、名はカムアタツヒメ（神阿多都比売）、またの名はコノハナノサクヤビメ（木花之佐久夜毘売）」と答えた。それでまた、「そなたには、兄弟はいるか」と問うと、「わが姉、イハナガヒメ（石長比売）がおります」と答えた。するとニニギが、「われは、そなたを妻にしようと思うが、いかがか」と仰せになると、「わたくしにはお答えすることができません。あが父オホヤマツミが申すでしょう」と申し上げた。

そこで、その父オホヤマツミに使いを遣わしたところが、とても喜び、姉のイハナガヒメを副えて、山ほどに机の上に盛り上げたいくつもの契りの品を持たせて奉った。ところがその姉はひどく醜かったために、ニニギはひと目見るなり畏れて送り返し、ただ、その妹コノハナノサクヤビメを留め、一夜（ひとよ）交わった。

ここにオホヤマツミは、イハナガヒメを返されたことにたいそう恥じ、申し送って言うことには、「わたしが娘二人を並べて奉ったわけは、イハナガヒメをお使いになれば、天つ神の御子の命は、たとえ雪降り風吹くとも、いつまでも岩のごとくに、常（とこ）永久（とわ）に変わりなくいますはず、また、コノハナノサクヤビメをお使いになれば、木の花の咲き栄えるがごとくに栄えいますはずと、祈りを込めて娘たちを差し上げました。それを、かくのごとくにイハナガヒメを送り返して、独りコノハナノサクヤビメを留めなされたからには、天つ神の御子の御命は、木の花のままに散り落ちましょう」と。

そのために、今に至るまで天皇（すめらみこと）たちの御命は長くないのである。

木花と岩石との対比によって、移ろう繁栄と永遠の命が語られている。この神話はバナナタイプと呼ばれる話型に属しており、インドネシアなどに類型があることは古くから知られている。おそらく、南方起源の神話が伝えられたものとみなせよう。そこでは、岩石と食べ物（バナナ）との対比によって語られるのだが、ここでは、岩石と木の花の対比による、美醜を抱え込んでいるというのが目新しいところである。

ちなみに、この木の花は、とくに種類を限定しなくていいというのが一般的な解釈だが、わたしは、中西進が強調するようにサクラ（桜）でないとまずいと思う。この神話の木の花について、中西は、「桜の花をめぐる死の幻想は根強く日本人にあったらしいが、その反映がこの説話にも認められる。木花之佐久夜毘売の「木花」は何の木とも語られないが、古代人は桜をもって咲くものの代表と考えていた。桜の花は、人々に落花の紛れを感じさせる。すでに桜の咲いている姿の中に、人々は散る影を感じ取る。そうした桜を見る目がこの話を支えているといえよう」（『古事記をよむ2 天降った神々』）と述べているが、これ以上の説明は不要であろう。

和歌史の知識のなかでは万葉集や古今和歌集における花の代表は梅で、桜は新古今和歌集あたりでしか主流にはならないというように考えている人は存外多いのではないか。たしかに載せられている歌数を数えればその通りだとしても、ウメ（梅）は外来の観賞植物で八世紀にならないと日本では愛でられない。ウメという単語は漢字「梅」の中国音をそのまま写したもので、訓読語ももっていない（『岩波古語辞典』）。それに対して、サクラは、咲くものの象徴だから、「サク（咲く）」ラ（ラは接尾辞）と呼ばれる。

ニニギの行動は、現代においてはとても許されるものではないという点でも、父オホヤマツミの怒りは正当なようにみえる。そして、その行為は、そのようなことばは使われていないが「呪詛」とみてよい。呪詛というのはブラックマジックで、神話では正面きってはあまり語られることはないが、相手を呪うというのは、言霊の力を意識するかぎり祈願の一類として存在するのは当然である。

ここでは、バナナタイプの類型のなかで、バナナに属する側を選んでしまったために恐ろしい結果を招来してしまう。神話や伝承を思い浮かべてみた時、二つのうちのどちらかを選んだために失敗するという話は多いが、二つをともに選ぶという話は思い浮かばない。そういう点からいうと、ここのニニギの選択はだれもが通る道であり、避けることはできないということになるのだ。

二人の女神の父は山の神だが、この山というのは大地を意味している。対になる神として古事記ではこの後にワタツミ（綿津見神）が登場することからもわかるように、山と海というのが地上世界を二分するときの決まった表現である。山と川ではもっとも広い領域が脱落してしまう。高天の原から降りてきた天つ神は、まずは大地の娘と結婚して子を生み、その子が次に、海の神の娘と結婚して子を生み、その子孫が天皇になっていくという展開をとる。そこには、天つ神が、大地のすべての力を受け入れることによって地上の王者になっていくという血の混血化が語られていると言えよう。ここでは、純血がいいというのではなく、さまざまな（すべての）血が混じり合うことによって最強のものが誕生するという認識が認められる。

天皇の寿命と火中出産

この神話は、末尾に語られているように、「天皇たちの御命は長くない（天皇命等之御命不長）」ことの由来になっている。そして、民間伝承ならこれは、天皇の命ではなく「人」の命の起源を語るものであったと注釈書などでは説明される。たしかにその通りだと思うし、日本書紀の一書のなかの別伝には、「これ、世人（よひと）の短折（いのちもろ）き縁（ことのもと）なり」（第九段第二の一書、一云）とある。

ただし、古事記がここで「天皇」に限定するのは理由があるとみなければならない。というのは、地上に住む「人」が短命で限られた命しかないというのは最初から決まっており、それは本書第一章で述べた通り、ウマシアシカビヒコヂ（宇摩志阿斯訶備比古遅神）や青人草によって語られていた。それに対して、高天の原から降りてきた天つ神であるニニギは、神だから死なない存在であり、その子孫である天つ神の子もそのままなら死なない存在だということになる。

しかし、地上ではそれではすまない。みな死ぬのだ。それを、オホヤマツミの呪詛によって、ニニギの子孫にも限られた命が与えられ、かれらも地上の存在になることができたと語るのである。したがって古事記は、この場面で「天皇たちの御命」だけを問題にするのである。天皇の人間宣言はここで行われたのであり、戦後を象徴するそれ（一九四六年一月一日の「詔書」）は二度目の人間宣言だったとみなければならないのだ。

一夜だけ交わったコノハナノサクヤビメがニニギの前に出て妊娠を告げると、ニニギは、「国つ神の子ではないか」と疑う。何度も失礼なことをしたり言ったりする神だが、サクヤビメも負けてはいない。神話や伝承に登場する女性はなかなか逞しく、ニニギの疑いを知ると、次のような反撃に出る。

「わたくしの孕んだ子が、もし国つ神の子であるならば、事もなく生むということなどできない。もし天つ神の御子であるならば、なに事も起こりはしない」と言うと、すぐさま、戸のない大きな殿を作り、その殿の内に入り、土でもって塗り塞ぎ、いよいよ生まれるという時、火をその殿に着けて子を生んだ。

そして、その火が盛んに燃える時に生んだ子の名は、ホデリ（火照命）。この子は、隼人（はやと）の阿多（あた）の君の祖（おや）。つぎに生んだ子の名は、ホスセリ（火須勢理命）。つぎに生んだ子の御名は、ホヲリ（火遠理命）。またの名はアマツヒコヒコホホデミ（天津日高日子穂穂手見命）である。

燃え盛る産屋のなかでサクヤビメは子を生むのだが、神の子や始祖王は異常な誕生をするというのがお決まりである。そして、その大がかりなイリュージョンに誤魔化されるようにして、ニニギは三柱の子を受け入れる。冷静に考えれば、ニニギの疑いはこれで晴れるわけはないだろうに、そうするしか方法はないのである。

そして生まれた子は、いわゆるウミサチビコ（海佐知毘古）とヤマサチビコ（山佐知毘古）ということになるのだが、ここでも三柱の子が生まれる。しかし、このあとに続く物語で語られていくのは上のホデリと下のホヲリだけで、中の子ホスセリは何も語られない。音声によって語られる伝承の様式は、強固に二者対立譚の構造しか取れないのであり、系譜における三柱と矛盾してしまう。三というのは少ないものを言うときの聖数としてあり、それは多い（大きい）ことをほめる「八」と対になって系譜などには表れるが、その三柱の行動を語りは取り込むことができない。

長男ホデリは阿多の隼人の祖と伝えられているが、その一族の服属伝承と言えるのが、以下に語られる釣り針交換の話である。阿多は地名で、薩摩半島西側一帯をいう。

釣り針をめぐる話

三兄弟誕生の後に続くのは、釣り針をめぐる兄弟対立譚である。前に読んだオホナムヂ（大穴牟遅神）と八十神との対立葛藤譚とともに、絵本などの題材としてもっともよく知られた神話である。いささか長い話であり、よく知られていると思うので簡略に紹介する。

兄ホデリ（ウミサチビコ）は大小の魚を獲って暮らし、弟ホヲリ（ヤマサチビコ）は大小のけものを獲って暮らしていた。ある日、弟ホヲリが兄のホデリに、おたがいの道具（幸（さち））の交換を申し出るが兄は承知しない。しぶる兄に何度も頼んで換えてもらったが、ホヲリは、魚を釣ろうとして借りた釣り針を失くしてしまう。

兄ホデリが釣り針を返せとやって来たので失くしたと言うが、兄は怒って返済を迫る。弟は、愛用の剣を鋳潰（いつぶ）して五百本の釣り針を作って渡すが受け取らず、千本の釣り針を作っても駄目で、元の釣り針を返せと言って責める。

困ったホヲリが海辺で泣いていると、シホツチ（塩椎神）が出てきて理由を尋ね、わけを話すと、竹を編んだ隙間のない舟を造ってホヲリを乗せ、ワタツミ（綿津見神）の宮への行き方を教える。その通りにして出かけて行くと、トヨタマビメ（豊玉毘売）と出会う。一目見て心を奪われたトヨタマビメが父に伝えると、ワタツミはホヲリを宮殿のなかに招き入れ、ホヲリとトヨタマビメは結婚し、そのままワタツミの宮で暮らすことになり、三年が過ぎた。

ある時、ホヲリが大きなため息をつくと、気づいたトヨタマビメが父に話し、父ワタツミはホヲリに事情を聞く。そこで、兄の釣り針を失くして困っていることを話すと、ワタツミはすぐさま海のなかの魚を呼び集めて尋ねる。すると、喉にとげが刺さって苦しむ鯛がいることがわかり、探ると釣り針が見つかった。ワタツミは、その釣り針を洗いすすいでホヲリに渡し、兄に釣り針を返す時の呪文を教え、兄が怒って攻めてきた時に懲らしめるための、水を操ることのできる二つの玉をくれる。そして、ワタツミが準備してくれたワニ（和迩）の背に乗ると、一日で元の地上にもどることができた。

およそこのような話である。

古代では、獲物のことも獲物を獲る道具のことも「さち」という。そして、海（山）サチ彦という呼び方からわかるように、幸を獲る人のこともサチ彦（サツ男）と呼ぶ。つまり、獲る人と獲る道具と獲る物は三位一体のようにとらえられているので、その一つが欠けるとサチ（獲物）は手に入れられない。それが古代的な思惟であり、そこに、兄ホデリが執拗に自分の釣り針を返せと要求する理由がある。このことは、古代的というよりは、職人の世界などをみれば、現代でも十分に通用する心性だと思う。

そこから考えると、兄は意地悪だから元の釣り針を返せと迫るのではないということになる。昔話の対立譚なら、意地悪な兄とやさしい弟という対立関係が強固にでき上がっており、様式化しているので、聴き手は弟の側に立ってすんなりと話を受け入れることができるのだが、神話の場合はそうはいかない。その話型のなかに、ここで言えば、サチに対する観念を抱え込んでしまうので、ほんとうに兄は悪いのかという疑問が生じてしまう。その疑念を何とか持ちこたえさせるのは、神話においても、昔話と同様に、弟が優位なる存在として位置づけられているからである。この話で言えば、弟のホヲリが天皇につながる正統の側に位置している「弟」であり、それが兄の古代的な心性より優位なものとして受け入れられるために、兄ホデリはやっつけられてしまうのである。

シホツチというのは「シホ（潮目）ツ（〜の）チ（霊力）」で、海の流れを支配する神をいう。その神によって、ワタツミの宮への行き方とその後の対処法を教えられる。このような援助者が現れてくるところは、さまざまな冒険を経て成長したオホナムヂと同様の少年性を持っているからである。そして、冒険に出かけた先のワタツミの宮で真っ先に女神と出会い恋に落ちるという展開も、根の堅州の国を訪問したオホナムヂと同じだということに気づく。

ワタツミは「ワタ（海）ツ（〜の）ミ（霊力）」で、海の神のこと。固有の神名として、山の神オホヤマツミの対として配置され、陸に対する海を支配する神とされているが、オホワタツミという言い方はしない。そのワタツミが住んでいる宮殿がワタツミの宮で、そこはクニ（国）という呼称をもたない。根の堅州の国や常世の国のような大地ではないからである。同様に高天の原もクニとは呼ばない。しかし実際には、神話のイメージのなかでは、高天の原もワタツミも固い地面をもった世界として描かれている。ただ、存在するのが天空であり、海中であるということが眼目としてあるのだ。

釣り針を見つけてくれたワタツミは、兄に返す時の返し方を教えてくれる。それは、釣り針を兄に返す時に、

このちは　（此鉤者）　この釣り針は
おぼち　すすち　（淤煩鉤、須須鉤）　ぼんやり釣り針　すさみ釣り針
まぢち　うるち　（貧鉤、宇流鉤）　貧しい釣り針　おろか釣り針

と唱えながら、「後ろ手」で返すという方法であった。そうすればまったく海の幸が獲れなくなるというのである。これもまた、娘コノハナノサクヤビメを返されたオホヤマツミが発したのと同様の、呪詛（ブラックマジック）のことばと所作である。呪術的に発せられたことばは、よいことも悪いことも実現してしまう。そして、そうした呪詛的な面が、天つ神の話に立て続けに出てくるというのは、出雲の神がみの物語との違いを際立たせているようにみえる。

どこかで権力的な志向がはたらいているのであろうか。

ホヲリがワタツミの宮からもどる時、ワタツミはワニ（和迩）に命じて地上へ送らせる。ホヲリは地上にもどると、お礼として持っていた小刀をワニに与えた。ワニは前にも出てきたが、サメ（鮫）のことで種類は問わないらしい。ただこの場面のワニはシュモクザメに限定するのがいいのではないかと思う。というのは、ホヲリはお礼として持っていた小刀を与えたので、そのワニを「サヒモチ（佐比持神）」というとあるからである。そのサヒ（刀の類）は背鰭（せびれ）のことと解釈されたりするが、それよりは、シュモクザメの頭に付いている撞木の形をした部分をさすとみるのがふさわしいのではないかと思う。

隼人の服属

地上にもどったホヲリは、ワタツミに教えられた通りにして兄ホデリを懲らしめる。

ここにホヲリは、ワタツミの教えたとおりにして釣り針を返した。そのために、それ以後は、ホデリはだんだん貧しくなり、荒々しい心が芽生えて攻め寄せて来た。そこでホヲリは、攻めようとする時には、塩盈珠（しおみつたま）を出して溺れさせ、助けを求めた時には、塩乾珠を出して救った。このように悩まし苦しめると、兄は土に頭をこすり付けて、「わたしは、今からのちは、昼も夜もあなたの護り人となってお仕えする」と言った。それで、今に至るまで、その溺れた時の、あれこれの惨めな態を絶えることなく繰り返してお仕えしているのである。

兄ホデリを、もらった二つの玉で徹底的にやっつけ、兄に、「わたしは、今からのちは、夜も昼もあなたの護り人となってお仕えする（僕者、自今以後、為汝命之昼夜守護人而仕奉）」と言わせるような徹底した攻撃と、隷属的な服従を与えるという結末は、右にふれた権力的な志向や呪詛という手段といったことに通じているような気がしてならない。

そして、その「溺れた時のあれこれの惨めな態」を繰り返す行為が、宮廷における隼人の服属儀礼「隼人舞」につながっている。そして、その具体的なさまが、日本書紀第一〇段第四の一書に詳細に伝えられているのだが、それによると、

褌をして、赤土を手のひらや顔に塗り、足を挙げ下げして踏み歩き、溺れ苦しんださまをあらわす。初めは潮が足に来た時には足の裏を、膝まできた時には足を挙げる。

股まで来た時には走り廻る。腰に来た時には腰をなで、腋に来た時には手を胸に置く。首に来た時には手を挙げてひらひらする。

とある。そして、この「俳優者」のさまは、今に至るまで止めたことがないという。宮廷における服属儀礼として伝えられていたのである。その起源は天武朝のあたりとされているが、儀礼として整備されたのはその頃だとしても、実態としてはもう少し遡るのではないかと思われる。

トヨタマビメの出産

一夜だけ交わったコノハナノサクヤビメが子を孕んだといってニニギの前に出てきたのと同じく、ホヲリの前には、ワタツミの宮で三年間暮らしたトヨタマビメが妊娠したと言ってやってくる。続けて同じパターンを繰り返すというのは、いささか能がない気もするが、神話というのは繰り返しによって成り立っていることを考えれば、あまり批判めいたことを言うべきではなかろう。以下のように語られている。

ここに、トヨタマビメがみずから参り出て言うには、「わたくしは、すでに身ごもっており、今まさに子が生まれる時になりました。ここに考えますに、天つ神の御子は、海原で生むことなどできません。それで参り出てきました」と。

そこですぐさま、その海辺の渚に鵜（う）の羽根を萱（かや）にして産殿（うぶどの）を作った。ところが、その産殿をまだ葺き終わらないうちに、トヨタマビメの腹があわただしくなって、耐えられなくなった。それで、産殿にお入りになった。そして、もうすぐ生まれるという時に、その夫に申して言うには、

「すべて、よその国の人は、子を生むに際しては、本の国の姿で子を生みます。それで、わたくしも今から本の身になって子を生みます。お願いですから、どうぞわたくしを見ないでください」と。

火の中で子どもを生んだあとには、ワニになって子を生むという具合に、異常誕生譚が続く。前は山の神の娘とのあいだの子どもであったが、今度は海の神の娘とのあいだの子どもである。天つ神は、混血を繰り返すことで、地上に住む力を増幅していく。直前に出てきたワニはワタツミの家来のような存在だったが、ここは、海の神の女神がワニ（元の

姿）に変じて子を生むのである。したがって、ここのワニはシュモクザメと考える必要はない。ワニと呼ばれるものでも種類は違っていると考えられていたのではないかということが、こういう場面から想像できそうである。

子を生む場所というのは、生まれる子の帰属という問題とかかわる。女性が実家にもどって子を生むというような習俗も、そうした観念とかかわっているらしい。また、産殿というのは一般的には産屋と呼ばれる建物で、人里から隔離された場所に造られ、産婦はひとりでその中に籠もって子を生むというのが民間習俗としてあった。それに対応するのが、死に際して建てられる喪屋である。産屋（出産）と喪屋（死）とに挟まれて、人は生きている。その前と後はべつの世界にいるわけで、産屋と喪屋は、人にとっての境界であり出入り口であると考えればよい。

生まれそうになると、トヨタマビメは「見ないで」という。この「見るなの禁忌」は、神話や昔話を劇的に転換させる手法としてお決まりである。伝播なのか自然発生なのかは決められないが、古今東西のお話にとって、これがなかったらずいぶん味気ないと思うほどの定番である。

流れを転換させるということは、約束は破られ覗いてしまうという展開を求めて見るなと言っているということになる。とにかく、見るなとか開けるなという約束を守り通したという話は、まず存在しない。もしお目にかかったとしても、じつにつまらない、話とは言えない話になってしまうだろう。

そして中を覗くと、トヨタマビメはワニの姿で子を生んでいた。いや、実際は、目の前にいるワニがトヨタマビメなのかどうかはわからない。覗いたらワニだったのだ。そのような劇的な転換が物語を盛り上げる。それだからホヲリは逃げ出すのである。このように、見るなの禁忌から逃竄譚へという展開は、イザナミ（伊耶那美命）の姿を見て逃げ出したイザナキ（伊耶那岐命）の話と同じである。そうした流れが自然に導き出されることによって、安定した語りが可能になるのである。

三代目誕生

この場面でホヲリは怖くなって逃げ出しはするが、黄泉の国のような鬼ごっこにはならない。それは、「恥」を感じたトヨタマビメが追いかけるのではなく、元の世界に帰ってしまったと語られるからである。次のようになっている。

トヨタマビメは、ホヲリがおのれの姿を覗いたことを知り、心恥(うら)ずかしと思い、そのまま御子を生み置くと、「わたくしは、いつまでも海の道を通って往来しようと思っていました。しかし、あなたがわたくしの姿を覗き見てしまわれたこと、これは耐えられないほどに恥ずかしいことです」と申し上げ、そのまま海坂(うなさか)を塞いで帰ってしもうた。

ここに、そのお生みになった御子を名づけて、アマツヒコヒコナギサタケウガヤフキアヘズ（天津日高日子波限建鵜葺草葺不合命）という。

蛆のたかった体を見られたイザナミも、娘を返されたオホヤマツミも、ここのトヨタマビメも、みな、辱められたと言って怒り、相手との関係を遮断する。それが、千引の石であり、ことばによる戸（言戸）であり、ここの海坂である。坂は境であり、地上とワタツミの宮とのあいだにある境界、そこに「戸」を立てることによって、二つの世界の行き来は閉ざされてしまった。

ただしこのあとを読むと、覗いた心根を恨んではいたが、「恋ふる心」を抑えることができず、「御子を養育する縁」として、妹タマヨリビメ（玉依毘売）を遣わすのに添えて、思いを伝える歌を送ってきた。ホヲリもそれに答えて歌を返したという、別れののちの後日譚が語られて余韻を遺すかたちになっている。

ここまでの神話では、男女の結びつきはもっと肉体的な印象を与えることが多く、恋心と言えるような展開を示すのは、上巻の神話のなかではここだけかもしれない。それゆえに、上巻ではめずらしいのだが、心情を表す歌の贈答が語られるのである。神話の最後になって、神も人に近づいてきた、その証しとして「恋ふる心」が出てきて、その心を言語化した歌が置かれていると言えそうである。そこで交わされた歌は次のとおり。

赤玉は　緒(を)さへ光れど　白玉(しらたま)の　君がよそひし　貴(たふ)とくありけり
沖つ鳥　鴨着(ど)く島に　わが寝(ゐね)し　妹(いも)はわすれじ　世のことごとに

トヨタマビメが、「赤くかがやく石の玉は紐さえ輝いてすてきだが、まっ白な真珠にも似たあなた様の姿こそ貴くいます」と歌い、ホヲリは、「沖から飛び来る鴨の宿る島で、わたしが誘って共寝した愛しい妹は忘れない、この世の果てるまでも」と返す。定型短歌形式に整えられた恋の贈答歌である。背景には海辺における歌垣(うたがき)（男女が集まって歌のかけ合いをする行事）の習俗などがこだましているかもしれない。

なお、生まれた子の名はここも長いが、アマツヒコは天の日の子、そのヒコを繰り返し、ナギサとウガヤフキアヘズは、神話で語られている誕生のさまをそのまま名前にしている。このように、物語を背負った名というのは中巻などにも見られるもので、誕生の由来を名前にすることが、存在証明になるのである。なお、アマツヒコの部分、原文の漢字からアマツヒタカ（天津日高）と訓むテキストもあるが、一般的な呼称のアマツヒコに従う。

ホヲリの年齢と葬所

イザナキとイザナミに関して葬られた場所が記されていたのを除くと、今までの神にはなかった年齢と葬所の記述がホヲリのところには出てくる。中巻以降の天皇たちと同様のかたちになっている。

さて、ヒコホホデミ（日子穂穂手見命）は、高千穂の宮に五百八十歳の時をいました。その御陵は、高千穂の山の西にある。

ヒコホホデミとはホヲリの亦の名であるが、神のなかではじめて齢が記され、五百八十歳とある。オホヤマツミによって、「天つ神の御子の御命は、木の花のままに散り落ちましょう（木花之阿摩比能微坐）」と宣言された、その結果がこのようにあらわれたのである。そして、そう語られることは、天つ神が地上で生きる存在になった証しでもあるのだ。

原文に、「木の花の阿摩比（あまひ）のみ坐さむ」とある「アマヒ」は理解しにくい語だが、アハヒ（間）のことで、「桜の花の咲いているあいだ」と解釈すればいい。それが、五百八十年というのはいささか長すぎる印象はあるが、神から人への中間的な存在としては、神仙思想の地仙（仙人の一種で、地上にいる）の年齢のようで妥当といえるのかもしれない。

また、ヒコホホデミ（ホヲリ）が死んで葬られたと語られるのも、人になった証しと言えよう。その墓が、高千穂の山の西とされている。古事記では、ニニギやフキアヘズの死や葬所の記載はないが、日本書紀には、それぞれの神の死が記され、葬所については次のように記されている。

ニニギ＝筑紫の日向の可愛（え）の山の陵（みささぎ）（第九段正伝）
ヒコホホデミ（ホヲリ）＝日向の高屋（たかや）の山の上の陵（第一〇段正伝）

ウガヤフキアヘズ＝日向の吾平の山の上の陵（第一一段正伝）

死については三代の神ともに、「崩る」とあるだけで年齢などは記さないが、葬所はきちんと記載されている。いずれも日向となっているが、その日向は、前に述べたように広いわけで、場所を特定するに際して、近代のはじめに大きな問題となった。そして、その結果には、政治的に優勢であった薩摩の影響力が大きく作用することになったのである。

一八七四（明治七）年に宮内省（現、宮内庁）が陵墓に指定したのは、三か所ともに鹿児島県内であった。可愛の山の陵は薩摩川内市宮内町、高屋の山の上の陵は霧島市溝辺町麓、吾平の山の上の陵は鹿屋市吾平町に、それぞれ決定したのである（いずれも現在の地名表示）。これは現在もそのまま陵墓指定されているが、決定直後から宮崎県側の強硬な申し入れがあったらしく、一八九五（明治二十八）年になって、宮崎県内の三つの墓についても、陵墓としてはきわめて異例なかたちで「陵墓参考地」なる指定が宮内省によって行われ、こちらも現在に至っている。それが、ニニギの北川陵墓参考地（延岡市北川町）、男狭穂塚女狭穂塚陵墓参考地（西都市三宅）、ウガヤフキアヘズの鵜戸陵墓参考地（日南市宮浦）である（外池昇『事典　陵墓参考地』）。宮崎県のほうではホヲリの墓は発見できなかったらしく、ニニギの墓については二か所が参考地に指定された（女狭穂塚はコノハナノサクヤビメの墓とする）。

これらすべての場所をわたしは訪れたことがあるが、墓とはいえないような場所も含まれており、かなり強引な選定であるという印象を受けた。それが事実とどうかかわるかということを論じる対象ではなく、近代国家が始発する段階において、天皇制を造り上げるのがいかに喫緊の課題であったかということがよくわかる遺跡だといえよう。そしてそこには、男狭穂塚・女狭穂塚のような考古学的に重要な古墳（神話とはべつに）もあれば、今になって考えると陵墓に見立てただけという遺物も混じっているのである。

ウガヤフキアヘズの子

ワタツミに帰ったトヨタマビメは、自分の妹タマヨリビメを乳母として地上に送り、フキアヘズを養育させた。そして、その叔母(おば)と甥(おい)は結婚する。

ここに、アマツヒコヒコナギサタケウガヤフキアヘズは、その叔母(おば)タマヨリビメを妻として、生んだ御子の名はイツセ（五瀬命）。つぎにイナヒ（稲氷命）。つぎにミケヌ（御毛沼命）。つぎにワカミケヌ（若御毛沼命）、またの名はトヨミケヌ（豊御毛沼命）、またの名はカムヤマトイハレビコ（神倭伊波礼毘古命）。四柱。
そして、ミケヌは波の穂を踏んで常世の国に渡りまし、イナヒは妣（はは）の国として海原に入ります。

これが古事記上巻の最後の部分である。

ウガヤフキアヘズと叔母タマヨリビメとの結婚が語られるが、これは結婚形態としてはめずらしい「叔母・甥」婚である。近代の民法では禁じられているが、叔父（伯父）と姪との結婚は歴史的にいくつも事例があるのに対して、叔母（伯母）と甥との結婚は一般的ではないようだ。年齢関係からみて制度化された結婚にそぐわないからであろうか。

多くの場合、年上の男と年下の女との婚姻が、律令の戸籍などをみても一般的である。もちろんその逆の場合も存在するが、子どもの出産という肉体上の制約を考えると、女性が年下というのが多くなるのではないか。そして、親族関係のなかでは、オバは、甥に対して代理母的な性格をもって庇護者になっていく。ヤマトヒメ（倭比売）とヤマトタケル（倭建命）との関係などがその象徴である。

そこからいうと、この結婚は異例であり、それゆえにこの場合も神婚ということになるのかもしれない。考えてみれば、タマヨリビメが養育のためにワタツミの宮から訪れたということは、すでに彼女には出産経験があり、それゆえに授乳できるというふうに理屈っぽく考えれば、嬰児フキアヘズとの年齢差は大きい。

この「叔母・甥」婚の問題は、母方の系譜として考えると興味深い問題が潜んでいる。というのは、天武天皇の子である草壁皇子は天智天皇の娘である阿陪皇女（のちの元明天皇）と結婚するのだが、その阿陪皇女と、草壁皇子の母である鸕野皇女（のちの持統天皇）は異母ではあるが姉妹である。そこからいうと、草壁皇子と阿陪皇女の結婚は「甥・叔母」婚ということになる。しかも、異母姉妹といっても、鸕野皇女の母は蘇我氏の遠智娘、阿陪皇女の母は、遠智娘の妹である姪娘であり、母方の血筋からみるときわめて近い関係にあることに気づかされる。

今、これ以上深めることはできないが、「叔母・甥」婚は、母系的な血筋のなかで特別な意味をもっており、それが初代天皇となるカムヤマトイハレビコの誕生には必要だったというようなことも考えられるかもしれない。そうでなければ、天皇家の血筋の上ではきわめて重要な初代天皇誕生譚のなかに、「叔母・甥」婚という特殊な結婚が語られることはないのではないか。

本文にもどると、四人の子のうち、ミケヌは海のかなたの常世の国へ、イナヒは妣の国へ行ってしまう。妣は前にも出てきた通り死んだ母をいうので、ここはワタツミの宮を妣の国と呼んでいるのだと思われる。常世の国も妣の国も異界だが、昔話などでも、異界のものとの結婚によって生まれた子の半分は異界（母の許）に行くというような語り方をすることがあり、ここも、生まれた子の帰属が、父方と母方とに分割されるという考えを反映しているのかもしれない。

その結果、地上に遺されたのは、上の子といちばん下の子であった。そのイツセとワカミケヌ（中巻では別名のカムヤマトイハレビコを名乗る）の二人が、中巻の最初に語られる東征伝承の主人公となる。イツセは途中で死に、ワカミケヌがヤマト（倭）の地へと軍を進めるのだが、それについては、巻を改めて読むことにしたい。

あとがき

　今までにわたしは、さまざまなかたちで古事記に向きあってきた。ある課題に基づいて論文を書くというのは研究者としては誰もが行っていることで、わたしも数だけなら誰にも負けないぞと言えるほどに、いろいろな問題について論じてきた。そのほかにも、全体を口語訳して必要なことばや項目に注を付けたり、古事記に関する概説書を書いたり、神話や伝承の舞台を訪ねて紹介したり、思いつくままに誘われるままに古事記を取りあげ、古事記に相手をしてもらってきた。よく飽きないものだと周りには思われているようだが、これがけっこう楽しく、そのたびに新たな発見があって飽きている暇などない。

　ただ、王道を行く国文学の研究者の到達点というのは、対象とする作品の注釈書にあるとみなされている節があり、本文校訂や文献学的な作業を専門的にしたとは言えないわたしでさえ、古事記の注釈書を出し研究生活にピリオドを打つというのは理想かもしれないと思う時がある。しかし、本居宣長『古事記伝』を嚆矢として、西郷信綱『古事記注釈』、倉野憲司『古事記全註釈』などの偉業を前にすると立ち竦むほかはなく、それらに並び凌ぐ注釈書を書き上げることなど望むべくもないと観念してしまう。

また一方、王道とやらから外れたわが身を省みて言えば、未来につなぐべき仕事としてわたしに求められているのが注釈かどうか。従来の注釈という形態が最善のものかどうかについても、疑問がないわけでもない。何よりも、注釈というのは読んで楽しむ本ではないし、誰もが手にとって読む本でもない。

そのようなことを考えながら今回わたしが試みたのは、古事記という作品を頭から順番に読み解いてみるという作業であった。それは、わたし自身の古事記に対する認識のすべてを白日の下に曝すことだと言ってもいい。誰がどうこう言っているということに頼るのではなく、わたしはこの部分をこのように読むというかたちで論述するスタイルを選択した。それが、楽しく読み進めながら古事記の深みを掘り穿ち、その細部と全体を理解するための最適の方法だと思ったからである。

その作業は、本書の「はじめに」で書いた大学の授業における講読と似ている。そしてじつは、この方法にはモデルがあって、中西進『古事記をよむ』全四冊がそれである。わが師が一九七二年から五年間にわたって行った講義をもとにまとめたものだ。その講義の半ば以上を、大学院生として聴講していたわたしにはことに感慨深い本であり、今もその読みは新鮮さを失っていない。

新型コロナウイルス（SARS-CoV-2）に襲われ巣籠もりを強いられた四月の一か月間、身近にあった手本を頭の片隅に浮かべて本書を書き進めた。それこそ、寝と食を除くすべての時間を本書の執筆に充てることができたのは、この上ない僥倖であった（引き籠もりがまったく苦にならない体質らしいということを発見した）。

しかしそれは、自分ひとりの功績ではない。じつは、本書を書き上げたのには大きな支えがあった。二〇一五年の夏頃だと思うが、朝日新聞出版の国東真之氏から「日本の神」に関する新書を一冊書いてほしいという依頼を受けた。その約束を果たすべく、大学を退いた二〇一七年五月から都心のカルチャー教室で「古事記の神がみ　その来歴と神話を考える」と題した一〇回連続講座を開き講義をはじめた。国東氏はそこに毎回参加し、長時間の講義を録音し文字に起こしてくれたのである。したがって順調にいけば、二〇一八年には朝日新書が一冊できていた。

それが、いつものような事情で今に延びてしまい、タイトルはおろか内容まで変わってしまった。そのために、国東氏の労作をそのまま使うことはできなかったが、講義の内容を確認しながら原稿を書き進めることができて大いに役立った。当初の氏の依頼内容から外れてしまったことをお詫びしつつ、ここに改めて御礼を申し上げる。

加えて、コロナ禍で図書館の利用もままならない時期に面倒な原稿をていねいに確認していただいた校閲の皆さん、今後、出版と販売に携わってくださる皆さん、そしてその先の日に本書を手に取ってくださる皆さんに、心からの感謝を。

じつはカルチャー講座は、二〇一八年度には古事記の中・下巻に移って天皇たちの時代を読み進め、国東氏には同じようにつき合っていただいた。そちらも本書と同様のかたちでまとめることになっているのだが、さすがに巣籠もりが長くなりすぎたこともあり、続篇のことはしばらく忘れて新鮮な空気を吸いたい気分である。

今はただ、この困難なおりに船出しようとしている「神話篇」に、コロナなんぞに負けるなよと気合を入れておきたい。

三浦　佑之

二〇二〇年八月十五日

参考文献

青木和夫ほか校注『古事記』日本思想大系、岩波書店、一九八二年
上山春平『神々の体系』中公新書、一九七二年
上山春平『続・神々の体系——記紀神話の政治的背景』中公新書、一九七五年
梅原猛『葬られた王朝—古代出雲の謎を解く—』新潮社、二〇一〇年
大林太良『神話と神話学』大和書房、一九七五年
大山誠一『天孫降臨の夢　藤原不比等のプロジェクト』NHKブックス、二〇〇九年
大山誠一『神話と天皇』平凡社、二〇一七年
岡本雅享『千家尊福と出雲信仰』ちくま新書、二〇一九年
折口信夫「妣が国へ・常世へ」『折口信夫全集』第二巻、中央公論社、一九五五年
河合隼雄『中空構造　日本の深層』中公文庫、一九九九年
倉野憲司『古事記全註釈』全七巻、三省堂、一九七三〜八〇年
倉野憲司・武田祐吉校注『古事記　祝詞』日本古典文学大系、岩波書店、一九五八年
神野志隆光『古事記の達成』東京大学出版会、一九八三年
小島憲之ほか校注・訳『日本書紀①』新編日本古典文学全集、小学館、一九九四年
西郷信綱『古事記の世界』岩波新書、一九六七年
西郷信綱『古事記注釈』全四巻、平凡社、一九七五〜八九年
斎藤英喜『アマテラス——最高神の知られざる秘史』学研新書、二〇一一年
坂本太郎ほか校注『日本書紀　上』日本古典文学大系、岩波書店、一九六七年

関和彦『「出雲国風土記」註論』明石書店、二〇〇六年
多田一臣『古事記私解』Ⅰ・Ⅱ、花鳥社、二〇二〇年
外池昇『事典　陵墓参考地』吉川弘文館、二〇〇五年
中西進『古事記をよむ』全四冊、角川書店、一九八五〜八六年
西宮一民校注『古事記』新潮日本古典集成、新潮社、一九七九年
原武史『〈出雲〉という思想』講談社学術文庫、二〇〇一年
藤田富士夫『古代の日本海文化――海人文化の伝統と交流』中公新書、一九九〇年
益田勝実『日本詩人選　1　記紀歌謡』筑摩書房、一九七二年
松田浩「『古事記』における「言向」の論理と思想」『上代文学』第一二三号、二〇一九年十一月
松村武雄『日本神話の研究』全四巻、培風館、一九五四〜五八年
アンダソヴァ・マラル『古事記　変貌する世界』ミネルヴァ書房、二〇一四年
丸山眞男「歴史意識の『古層』」（一九七二年発表）『忠誠と反逆』ちくま学芸文庫、一九九八年
三浦佑之『出雲神話論』講談社、二〇一九年
溝口睦子『アマテラスの誕生――古代王権の源流を探る』岩波新書、二〇〇九年
本居宣長『古事記伝』（『本居宣長全集』第九〜十二巻、筑摩書房、一九六八〜七四年）
森陽香『古代日本人の神意識』笠間書院、二〇一六年
柳田國男「根の国の話」『海上の道』（一九六一年刊、『柳田國男全集』第二十一巻、筑摩書房、一九九七年）
山口佳紀・神野志隆光校注・訳『古事記』新編日本古典文学全集、小学館、一九九七年

三浦佑之 みうら・すけゆき
1946年三重県生まれ。古代文学・伝承文学研究者。千葉大学名誉教授。88年『村落伝承論』で第5回上代文学会賞、2003年『口語訳　古事記［完全版］』で第1回角川財団学芸賞、13年『古事記を読みなおす』で第1回古代歴史文化みやざき賞受賞。著書に、『出雲神話論』『風土記の世界』『古事記の神々　付古事記神名辞典』『改訂版　神話と歴史叙述』など多数。

朝日新書
786

読み解き古事記　神話篇

2020年10月30日第1刷発行

著　者　三浦佑之

発行者　三宮博信

カバーデザイン　アンスガー・フォルマー　田嶋佳子

印刷所　凸版印刷株式会社

発行所　朝日新聞出版
〒104-8011　東京都中央区築地5-3-2
電話　03-5541-8832（編集）
　　　03-5540-7793（販売）

Published in Japan by Asahi Shimbun Publications Inc.
ISBN 978-4-02-295098-7
定価はカバーに表示してあります。

朝日新書

読み解き古事記　神話篇

三浦佑之

「古事記神話は、日本最古の大河小説だ！」ヤマタノヲロチ、稲羽のシロウサギ、海幸彦・山幸彦など、古事記研究の第一人者が神話の伝える本当の意味を紐解く。イザナキ・イザナミの国生みから、アマテラスの子孫による天孫降臨まで、古事記上巻を徹底解説。

妻に言えない夫の本音
仕事と子育てをめぐる葛藤の正体

朝日新聞「父親のモヤモヤ」取材班

男性の育児が推奨される陰で、男性の育休取得率いまだ7%。なぜか？　今まで通りの仕事を担いつつ、いざ育児にかかわれば、奇異の目や過剰な称賛にさらされる。そんな父親たちが直面する困難を検証し、子育てがしやすい社会のあり方を明らかにする。

学校制服とは何か
その歴史と思想

小林哲夫

制服は学校の「個性」か？「管理」の象徴か？　かつて生徒は校則に反発し服装の自由を求めてきた。だが昨今では、私服の高校が制服を導入するなど、生徒側が自ら管理を求める風潮もある。時代と共に変わる「学校制服」の水脈をたどり、現代日本の実相を描く。

文化復興　1945年
娯楽から始まる戦後史

中川右介

8月の敗戦直後、焦土の中から文化、芸能はどう再起したか？　75年前の苦闘をコロナ後のヒントに！「玉音放送」から大みそかの「紅白音楽試合」までの139日間、長谷川一夫、黒澤明、美空ひばりら多数の著名人の奮闘を描き切る。胸をうつ群像劇！